W0294007

— tous ces guillemets
— invraisemblance
— passé simple
—

L'ANCIEN CALENDRIER D'UN AMOUR

DU MÊME AUTEUR

La Fille d'un héros de l'Union soviétique, Laffont, 1990.

Confession d'un porte-drapeau déchu, Belfond, 1992.

Au temps du fleuve Amour, Le Félin, 1994.

Le Testament français, Mercure de France, 1995 (prix Goncourt, prix Goncourt des lycéens, prix Médicis).

Le Crime d'Olga Arbélina, Mercure de France, 1998.

Requiem pour l'Est, Mercure de France, 2000.

La Musique d'une vie, Seuil, 2001 (prix RTL-Lire).

La Terre et le Ciel de Jacques Dorme, Mercure de France, 2003.

La Femme qui attendait, Seuil, 2004.

Cette France qu'on oublie d'aimer, Flammarion, 2006.

L'Amour humain, Seuil, 2006.

Le Monde selon Gabriel, Éd. du Rocher, 2007.

La Vie d'un homme inconnu, Seuil, 2009.

Le Livre des brèves amours éternelles, Seuil, 2011.

Une femme aimée, Seuil, 2013 (prix Casanova).

Le Pays du lieutenant Schreiber, Grasset, 2014 (prix littéraire de l'Armée de Terre – Erwan Bergot).

L'Archipel d'une autre vie, Seuil, 2016.

Au-delà des frontières, Grasset, 2019 (prix Cabourg du roman).

L'Ami arménien, Grasset, 2021 (prix des Romancières).

ANDREÏ MAKINE
de l'Académie française

L'ANCIEN CALENDRIER D'UN AMOUR

roman

BERNARD GRASSET
PARIS

Bande : Ferdinand Hodler, *Giulia Leonardi*. © Alamy.

ISBN 978-2-246-83230-0

À la mémoire de René de Obaldia

Dire le sens de nos vies est moins facile que d'exalter leur complexité. Notre mémoire, tel un journal de bord, consigne mille liens qui nous unissent aux autres, remous de passions, labyrinthes de pensées. Ce qui nous fait oublier le but du voyage.

Dans les allées de ce cimetière, en surplomb de la mer, le voyage de la vie se réduit aux dates de naissance et de mort. Parfois, un mot d'adieu laissé par les proches, une inscription sur une plaque de marbre :

De ses mains s'envola une page où rien n'était écrit...

Je regarde l'âge de la défunte : neuf ans. Peu de faits marquants donc dans son « journal de bord ».

Près d'un muret, une dalle plus petite que les autres : « Mladenets Schultz. Mai 1901 – Août 1901 ». Rédigé en russe – *mladenets,* enfant en bas âge. La précision, superflue, laisse deviner le désarroi des parents et leur désir d'expliquer qu'il ne s'agissait pas d'un mort banal – mais de leur fils si cruellement enlevé.

Je m'accroupis, débarrasse la tombe de feuilles sèches. Personne n'est « banal » dans ce lieu. Il y a des vieillards qui ont voulu finir leur vie dans la douceur méditerranéenne. Beaucoup de « phtisiques » qui, venant à la mer, espéraient la guérison. Et aussi ces bébés – témoins d'une grande mortalité infantile. Leurs proches s'étonnaient : à quoi bon tuer ce petit être innocent ?

Sur une stèle, les paroles vaguement versifiées ont bien résisté au souffle abrasif du vent marin :

Ne dites jamais, avec reproche : ce n'est plus !
Mais dites toujours, avec gratitude : ce fut.

Une sagesse qui console mais ne révèle pas le sens du mystérieux « ce fut » de nos parcours terrestres.

… À l'automne 1991, je cherchais les traces d'un poète qui avait fui la révolution russe, s'était réfugié à Nice et n'avait plus donné signe de vie. Je voulais savoir si, en exil, il avait su réécrire son « journal de bord ».

Ma quête a tourné court, butant sur sa tombe : il était mort en 1919, victime de la grippe espagnole…

En contrebas, on voit la mer et la mosaïque claire de la ville d'où montent les klaxons, la musique et, parfois, les sifflets des trains. On imagine l'agitation méridionale, les terrasses, les corps bronzés... Il suffit de reculer vers le poète tué par l'influenza et l'on n'entend plus que le souffle du mistral dans les cimes des cyprès.

Ignorant le secret de ces vies muettes, je suis intrigué par une curiosité « grammaticale » : la particule « de » ajoutée à certains noms russes. Un « Ivan de Barténeff », une « Maïa de Kirsanoff »... Serait-ce une volonté dérisoire de s'anoblir ? Ou bien le désir, tout aussi inconsistant, de se montrer davantage « francisé » ?

C'est par un jour lumineux, à la fin d'octobre, que je reviens ici. Le vent est soutenu, l'éblouissement solaire égalise toutes les couleurs, ne laissant que le noir et l'or. Le cimetière, perché au-dessus de la mer, donne l'illusion de basculer dans un ailleurs autrefois entrevu, bien loin de ce qui se passe en bas, dans la ville.

Une rafale apporte un effluve de cigare. Sur un banc, près du portail de l'entrée, il m'est déjà arrivé de croiser un vieil homme qui paraissait grisé par l'éclat du soleil.

Je le vois maintenant se soulever avec effort, s'appuyant sur sa canne. Soudain, son bras faiblit, le bâton lui échappe et il se laisse retomber, l'air d'avoir changé d'avis… Discrètement, je ramasse la canne qui a glissé à ses pieds, m'assieds moi aussi, cherchant à rendre moins gênante sa tentative de se redresser.

Il murmure avec un sourire : « Ouf, ce mistral ! Un jour, il me jettera à la mer. Pas besoin d'une tombe… »

Nous évoquons les personnages, plus ou moins connus, que ce cimetière héberge : un décorateur ayant travaillé pour les ballets de Diaghilev, un général qui a failli reprendre la Crimée aux bolcheviques… Il cite des lieux que seul un familier de la Russie pourrait connaître.

Je lui confie ma perplexité : certains patronymes russes exhibent la particule française qui leur donne un aspect farfelu. Tous ces « *de* Volnoff » ou « *de* Gorine »…

Mon ignorance semble le réjouir.

« Venez, je vous montrerai l'une de mes trouvailles ! »

Il se lève, avec plus d'entrain, pressé de m'instruire. Nous revenons sous l'ombre des cyprès et je me dis que le poète mort en 1919 pourrait intéresser mon guide – le nom d'Igor *de* Levitsky pèche par la même prétention à la noblesse. Mais le vieil homme me mène vers un recoin où je ne me suis jamais aventuré.

Ici, on trouve des tombes « internationales ». Sépultures de Britanniques, avec leur prédilection pour la Bible – des mots dans un anglais archaïque, jurant avec les dates de décès qui, après tout, ne remontent qu'au début du vingtième siècle. Des inscriptions en allemand, en lettres gothiques, des vies brèves, consumées par la tuberculose.

Le nom sur cette dalle-là me fait cligner comme devant une insolente mystification.

« Olga de Dostoïevski »... Morte en 1938.

Un pareil gallicisme dynastique fait penser à un plaisantin qui se serait amusé à offrir une descendance à l'auteur de *Crime et Châtiment* ! Mais, après tout, ce nom de famille, sans être courant, a été porté par d'autres personnes en Russie. Je souris en disant qu'à bien y chercher, je pourrais peut-être trouver les traces d'une jolie brochette de classiques.

Le vieil homme ne partage pas mon ironie.

« Cela paraît un peu saugrenu, ces particules accolées aux noms russes. Mais... Il s'agissait des exilés qui ne possédaient plus rien et ceux qui avaient un titre de noblesse s'y accrochaient tels des mendiants à leur sébile. D'où ces ajouts – simple rappel de leur vie d'avant la révolution. Un réflexe d'apatrides... »

Nous redescendons vers la sortie et c'est alors que j'ose enfin l'interroger : « Pardonnez-moi… mais vous avez un proche qui… repose dans ce cimetière ? »

Il ne répond pas et je crois que le vent a emporté mes paroles, dites à mi-voix.

Arrivant à son banc, il s'assied, la canne entre ses genoux. « Je vais souffler un peu, avant de rentrer », me dit-il et son ton trahit l'espoir que je ne parte pas tout de suite. Il rallume son « cigare » – une feuille de tabac enveloppée dans du papier à rouler, la senteur semble lui suffire. Et, soudain, il répond à ma question.

« Non, je n'ai personne à revoir par ici. D'ailleurs, ceux qui ont laissé leurs noms sur ces tombes ne sont plus dans ce cimetière ! Non, d'aucune façon ! »

Pour répliquer à la véhémence inattendue de ses paroles, je murmure avec un soupir de moraliste :

« Oh, vous savez… Il nous faut toujours un vestige matériel, un symbole. Un endroit où nous recueillir… »

Il me jette un regard où je verrais de l'hostilité s'il n'y avait dans ses traits cette mélancolie apaisée.

« Tout ce qu'il me faut c'est cette lumière et… ce chuchotement, écoutez ! Oui, les branches qui parlent sous le mistral. La mer au loin, et aussi cela – l'amertume du tabac. Je ne fume pas mais cette odeur me sépare de celui que je suis maintenant… »

Je me dis qu'il s'agit d'un vieillard égaré dans le crépuscule des années. Ses lèvres frémissent sur un chuchotis qu'il adresse à quelqu'un de lointain, au fond de ses yeux mi-clos. Je devrais le laisser deviser avec ses chers fantômes.

Revenant à lui, il me jette un coup d'œil confus, s'en voulant de m'avoir oublié derrière sa rêverie.

« La femme que j'aimais ne demanderait rien d'autre – ce vent ensoleillé et la ligne de la mer entre les cyprès. Désormais, cela nous suffit pour être vivants… »

Il se met à parler lentement, sans chercher à m'impressionner et son récit exprime la fragile vérité que j'ai lue sur une dalle : « Ne dites jamais, avec reproche : ce n'est plus. Mais dites toujours, avec gratitude : ce fut. »

I

Au mois d'août 1913, Valdas allait avoir quinze ans et c'est alors que les décors du monde tombèrent.

Tout paraissait pourtant si calme à l'Alizé, la grande maison de son père, Guéorgui Bataeff, une bâtisse mauresque (« tatare », disaient les jaloux), agrémentée d'un vaste jardin et de plans d'eau, « à l'andalouse ». La Crimée vivait dans une lenteur agréablement provinciale et seuls les jeunes invités des Bataeff apportaient de l'excitation – électrique – le mot devenait alors à la mode. Le père recevait des artistes et des avocats libéraux, ses confrères.

Les soirées se terminaient tard, les vins de Crimée se mêlaient aux alcools venus de France et d'Italie, répondant au chassé-croisé des langues européennes qui résonnaient sur la terrasse. Valdas n'était plus renvoyé dans sa chambre, comme les étés précédents. « Ça y est, je suis adulte ! se disait-il. Ils ne pourront plus rien me cacher… »

Dans ce que les autres auraient voulu dissimuler, il y eut ce regard : au milieu des invités, sa belle-mère, Léra, bien plus jeune que le père de Valdas, échangea un coup d'œil avec Tomine, un peintre connu pour son « fauvisme ». Une brève rencontre entre leurs yeux – un enlacement visuel, un aveu plus certain qu'un baiser…

Léra démentait les clichés d'une marâtre maltraitant l'enfant « du premier lit ». Elle se montrait d'une vraie tendresse et Valdas, qui avait perdu sa mère quand il avait six ans, s'était épris de cette nouvelle présence – enjouée, hospitalière, festive.

En épousant Léra, le père avait lui-même rajeuni, oubliant la mort de son épouse, une baronne balte – d'une beauté glaciale, hiératique, celle d'un « camée de nacre », selon le poète Lévitsky. Une « beauté d'orchidée à la tige brisée », soupirait l'un de ses sonnets « décadents ».

Le prénom lituanien, Valdas, fut l'héritage que la mère avait laissé à son fils.

Le regard échangé entre Léra et Tomine marqua la première faille dans l'unique existence que Valdas connaissait : la vie de leur famille dans un vaste appartement à Saint-Pétersbourg, ses études dans le meilleur lycée de la ville (parmi ses condisciples, on comptait un neveu du tsar !), le pas pesant de l'empire qui ne tolérait pas la moindre perturbation.

Plusieurs rêves tentaient Valdas : une carrière militaire, la bruyante camaraderie estudiantine, ou encore le passe-temps de la bohème qui gravitait autour de sa belle-mère. C'était surtout le déguisement qui l'attirait – l'uniforme de la garde impériale, sinon l'élégant manteau, galbé et galonné, des étudiants. Ou bien, cette veste de velours violet que portait Tomine.

Valdas écrivait des vers qui disaient son impatience de vivre, sa fébrilité de futur amant et, encore davantage, l'attente d'un renouveau pour sa patrie assoupie, du « progrès » que clamaient leurs invités.

Mais en cette année 1913, le pays paraissait plus figé que jamais. Le grand jubilé du tricentenaire des Romanoff le confirmait : Nicolas II ne trouva rien de mieux que de s'affubler en tsar du dix-septième siècle ! Les appels au « renouveau » résonnèrent alors avec une aigreur dépitée.

Les vacances en Crimée calmaient l'irritation des novateurs. Dans la belle villa Alizé, le père oubliait ses plaidoiries et la jeune Léra concoctait de savants panachés d'invités, mêlant les vieux birbes, parmi la clientèle de son mari, et les artistes, prudemment rebelles.

Dans les dîners, le choix de vins dépassait ce qu'on pouvait trouver à Saint-Pétersbourg, le poisson était livré vivant, les baignades donnaient aux corps un reflet d'Italie et d'Espagne. Et les conversations sur la nécessité du progrès, adoucies par le farniente, devenaient ironiques : sur le même littoral, le tsar Nicolas goûtait à la villégiature, dans son palais de Lévadia. Il s'y prélassait en compagnie de son épouse Alexandra, une Allemande neurasthénique haïe par le peuple. Quant à « l'ami de la famille » (tout le monde se mettait à glousser), oui, Raspoutine, il suscitait des quolibets que Valdas ne comprenait qu'à moitié. Ou plutôt, il n'en saisissait pas le sel jusqu'à ce mois d'août 1913 où tout allait changer.

Cette année-là, comme d'habitude, sa belle-mère Léra lança une « saison théâtrale ». Il ne s'agissait pas d'aller à Yalta ou à Sébastopol et de voir une troupe en tournée. Elle aménageait une scène sur la terrasse et une demi-douzaine d'invités interprétaient des saynètes, souvent tirées des récits humoristiques de Tchékhov.

Dès que tombait le rideau, Valdas était obligé de monter dans sa chambre, emportant les échos des répliques : quiproquo entre jeunes amants, médicastres s'acharnant sur leurs patients, hobereaux aux manières mal équarries... Le joyeux petit monde tchékhovien.

En cet été 1913, Léra monta un spectacle où jouait un trio : un mari âgé, sa juvénile épouse et ce voyageur que le couple croisait dans une auberge. Les punaises ne les laissant pas dormir, le mari engagea une conversation avec leur voisin, à travers la mince cloison qui séparait les deux chambres. L'homme lui répondit et se déclara médecin. Une aubaine ! La jeune femme souffrait d'une « oppression dans la poitrine » et l'époux supplia le docteur d'examiner cette frêle patiente. Le charlatan se retrouva en tête à tête avec la charmante personne très peu vêtue… À l'issue de la « consultation », et de la palpation, il rédigea une ordonnance : cinq gouttes de *Sic transit*, une dose de *Gloria mundi*, le tout mélangé à une cuillerée d'*acquæ distillatæ*… Malgré ses protestations, le mari le rémunéra généreusement. Le lendemain, arrivés à destination, ils se rencontrèrent de nouveau. Au tribunal ! L'époux s'avéra être juge et le faux médecin – le prévenu dans un procès en bigamie…

Sa dernière réplique fut chuchotée avec frayeur : « J'écris ces notes pendant une suspension de séance. Le juge va prendre la parole ! »

Les comédiens furent longuement applaudis et, pour la première fois, on autorisa Valdas à poursuivre la soirée. Il but du champagne, puis une liqueur qui laissa dans sa bouche un lent embrasement torréfié. Les voix des invités lui parvenaient à travers un voile d'ivresse. Au salon, les collègues de son père parlaient de la réforme de la Justice et, sur la terrasse, deux groupes d'artistes s'opposaient – les uns ne jurant que par l'avant-garde européenne, d'autres s'extasiant devant « la floraison tardive de la décadence ».

Mais le meilleur sujet de conversation fut le spectacle qu'ils venaient de voir et où le père de Valdas jouait le rôle qui lui « allait comme un gant » : un avocat était bien placé pour interpréter un juge. Léra, elle, avait été parfaite pour camper la jeune épouse, c'est-à-dire elle-même. Enfin, le peintre Tomine s'était moulé, avec brio, dans la peau d'un bigame.

Grisé par les boissons et son basculement vers la vie adulte, Valdas se cala dans un fauteuil en rotin, au fond de la terrasse – là où les comédiens avaient laissé leurs costumes : l'habit noir du juge, la chemise de nuit de la voyageuse auscultée...

Les bruits de la soirée le berçaient – des notes de piano, des toasts, des rires... Soudain, il intercepta cet échange de regards : sa belle-mère, les lèvres entrouvertes, fixait le visage de Tomine. Curieusement, l'homme se montrait essoufflé, tout en demeurant immobile, appuyé sur la balustrade.

Valdas se hâta de faire taire le soupçon, préférant croire que Léra et le peintre vivaient encore dans leur émotion théâtrale : un faux médecin qui allait « examiner » une jeune épouse faussement naïve...

Pourtant, le doute persista. Ce qui, auparavant, lui semblait désuni forma un tableau dont les fragments s'emboîtèrent d'un coup. Il se souvint qu'une nuit, au début d'août, un grincement l'avait réveillé : il était allé à la fenêtre et avait aperçu un reflet de lumière dans la gloriette du jardin, en face de l'Alizé. Le père était absent – parti à Sébastopol, pour assister aux funérailles d'un client. Et Léra, restée à la maison, se disait souffrante... Le matin, Tomine viendrait prendre le petit déjeuner – « en voisin ». En fait, il avait passé la nuit à l'Alizé !

L'infidélité de sa belle-mère avait une certaine logique. Le père avait trente ans de plus qu'elle, il était chauve, bedonnant et, à table, assourdissait tout le monde de sa voix de plaideur. Tomine, lui, ressemblait à l'un des acteurs du cinéma naissant, ces bruns ténébreux qui palliaient leur mutisme avec une gestuelle expressive. Oui, un parfait comédien.

Valdas allait découvrir d'autres « coulisses » de la vie adulte. Les peintres fulminaient contre la richesse des bourgeois, tout en espérant vendre leurs œuvres à ces mêmes « rupins ». Léra jouait les entremetteuses : les riches s'offraient une aura de mécènes, les artistes – une réserve d'admirateurs pour leurs vernissages.

Tout cela n'était donc que du théâtre ! Un jeu dont il démêlait, de mieux en mieux, les arcanes : l'attirance des corps, le pouvoir de l'argent… Deux forces qui faisaient tourner ce monde. Mariages, carrières, manœuvres de séduction, postures de nababs pour les uns, grimaces de génies artistiques pour les autres. Et, à l'église, un beau choix de postures hypocrites.

Son brusque dessillement le fit souffrir. Il aurait voulu revenir à l'inconscience de l'été précédent, redevenir cet enfant qu'on envoyait dormir après les spectacles, le petit rimailleur qui croyait aux poèmes sur les « orchidées à la tige brisée ». Oublier les comédiens qui enlevaient leurs costumes au milieu des décors badigeonnés à la va-vite.

Un soir, ses doutes reçurent une réponse inattendue : cette feuille de papier où l'un des peintres, peut-être Tomine lui-même, griffonna un dessin. Les artistes se le transmettaient les uns aux autres, en poussant des rires étouffés. Quand les notables qui prenaient un digestif dans le salon sortirent sur la terrasse, la feuille disparut et les conversations prirent un tour moins persifleur…

En descendant dans le jardin, Valdas ramassa ce dessin jeté dans l'herbe et reconnut facilement les personnages caricaturés : une jeune femme, en belle robe avec traîne, se laissait enlacer par un gros bonhomme hirsute dont le pantalon moulait un sexe démesuré, tandis qu'un freluquet leur tournait le dos, une canne à pêche à la main. Un détail indiquait de qui il s'agissait : le pêcheur portait une couronne. Et le malotru qui étreignait la femme exhibait la barbe de Raspoutine…

L'image reprenait les rumeurs sur la passion de la tsarine pour ce rustre. Encore récemment, l'allusion aurait choqué Valdas – il était attaché, aussi benoîtement que la plupart des gens, à la personne du tsar. À présent, il éprouva la mauvaise joie d'avoir eu raison : tout n'était qu'un jeu, y compris ce trône qui pouvait être approché, semblait-il, par des individus aussi répugnants que ce moujik barbu. La famille impériale se prêtait donc aux mêmes intrigues qui agitaient la petite société des vacanciers. Courtisanerie, adultères, déguisements.

Rien n'échappait à la logique théâtrale de la vie !

Sans doute espéra-t-il trouver une issue à ce vaudeville humain quand, le lendemain soir, au moment où les invités s'apprêtaient à prendre congé, il fit semblant de monter dans sa chambre et, par le portillon au fond du jardin, quitta l'Alizé.

Il traversa le quartier des villas, longea la mer et, une demi-heure plus tard, arriva à un ancien baraquement de fumage. L'odeur du bois boucané le saisit – si différent de ce qu'il respirait à l'Alizé. Les écailles de poisson, recouvrant les galets, crissèrent sous ses pas.

En dépassant cette fumerie à l'abandon, il atteignit un endroit où il n'était jamais venu : au milieu des rochers, une suite de petites baies que la lune bleuissait d'un éclat trompeur. Il grimpa sur une barrière de granit et ne put retenir un frisson – sa propre ombre se découpa sur une falaise, telle une bête sortant d'une caverne. Les petites vagues s'égaraient dans les dédales de pierre et s'en retiraient avec un soupir guttural. Une odeur amère le surprit, rappelant les cigares que fumaient les invités de l'Alizé, mais plus âpre, venant d'un monde inconnu.

Valdas allait rebrousser chemin quand, entre deux rochers, une lueur tremblota, s'éteignit et, aussitôt, se ralluma. Il entendit le battement des rames, puis la secousse d'une barque sur les galets…

Les histoires de contrebandiers, racontées pendant les dîners, lui firent imaginer des corsaires qui préparaient l'une de leurs razzias. On disait que ces bandits venaient du littoral caucasien ou même des côtes turques… Le père modérait la portée de ces légendes : c'étaient des aventuriers « bien de chez nous », des trafiquants s'adonnant à la revente du tabac. Pourtant, on savait que ces gens n'hésitaient pas à tuer pour dissimuler leur commerce.

Inquiet, Valdas se mit à reculer, en espérant quand même apercevoir l'un de ces hors-la-loi… Soudain, un faisceau puissant balaya les falaises, frôla la berge, fouilla les recoins de la baie. Les hommes qui agitaient les lampes portaient un uniforme. Valdas se courba, se déplaça en crabe, ne cherchant plus qu'à se dépêtrer de la course-poursuite entre contrebandiers et gendarmes.

C'est alors qu'un jet lumineux se dirigea vers lui…

Monté sur un replat de roche, il n'eut pas le temps de descendre. D'une violente poussée, quelqu'un l'entraîna dans une chute. Hébété de frayeur, il se figea, écrasé par un corps. Celui qui le retenait était recouvert d'une large cape sombre.

Valdas eut envie de repousser l'agresseur, de se présenter aux forces de l'ordre, de prouver son innocence. C'est ce qu'il aurait fait si, soudain, il n'avait pas noté l'étrangeté du corps qui le dominait comme dans une lutte immobile.

C'était une femme !

Grande, puissante et dont la force, malgré la brutalité de sa pesée, laissait deviner la volonté de ne pas faire mal à cet adolescent qu'elle empêchait de se lever. D'une certaine façon, elle le protégeait, lui interdisant de se trahir et de les trahir, elle et ses compagnons.

Au-delà de tout ébahissement, Valdas sentit la chaleur des seins qui touchaient sa poitrine et, serrée contre son front, la joue de la femme qui prévenait ainsi tout mouvement. La large cape sombre les dissimulait, se confondant avec le relief des roches. Il humait la senteur du tabac qui imprégnait le tissu, l'odeur de la peau, de l'effort… Le corps de la femme bougea, elle souleva la tête, voulant voir si les gendarmes avaient mis fin à leur traque. Des pas résonnèrent sur les galets – elle reprit sa pose immobile, ses lèvres touchèrent la tempe de Valdas.

Il se rendit compte que tout était fini au moment où, d'un brusque cambrement de hanches, elle se redressa et, pliant sa cape, chuchota : « Rentre vite, il n'y a plus personne. » Sous la luminescence lunaire, il vit la silhouette de l'inconnue se fondre dans le noir.

Il passa une minute sans bouger, comme si ce qu'il venait de vivre avait pu durer sans fin : ces lèvres effleurant son visage, le poids tendre des seins, une étreinte où il n'y avait rien de passionnel et qui pourtant avait exprimé tous ses rêves d'amour.

Il s'en alla en somnambule, se trompant de route, piétinant dans les couches d'écailles de poisson le long de l'ancienne fumerie, et arriva à l'Alizé par une voie jamais empruntée, comme dans une maison inhabitée.

Le choix n'existait plus : l'idée de revenir dans la baie exprimait tout ce qu'il avait envie de connaître et de vivre.

Désormais, la routine estivale de l'Alizé lui semblait niaise, enfantine. Ce monde des adultes qui, à peine quelques jours auparavant, renfermait des activités importantes et complexes, se transforma en une suite de cabotinages, de jacasseries – l'incessant vaudeville dont Valdas croyait être capable de prédire chaque mot.

« En fait, ils ne vivent pas, ils jouent… », se disait-il.

Un soir, Léra refit le spectacle qui avait eu tant de succès – toujours cette historiette calquée sur un récit de Tchékhov : un faux médecin, un mari crédule, une jeune épouse, à la fois hypocondriaque et coquette…

Valdas entendit les mêmes bravos et, plus tard, dans l'attroupement de poètes et de peintres, une voix téméraire, prise de boisson, qui caquetait : « Il faudrait montrer cette pièce à notre potiron couronné ! C'est lui, ce mari cocufié... » D'évidence, ils parlaient du tsar Nicolas et des ébats de son épouse dans les bras de Raspoutine. Ces rumeurs qui circulaient depuis des années ne provoquèrent pas, chez Valdas, l'habituel rejet. Juste de la tristesse : des adultes, en garnements boutonneux, s'excitaient à de petites blagues salaces.

Il se réveilla au milieu de la nuit et, avec une certitude qui venait de l'éblouir, murmura comme pour répondre à quelqu'un d'hésitant : « Non, la vie ne se passe pas ici. Elle est ailleurs. Et je sais où ! » Il imagina des rochers bordés par une mer nocturne, la dorure pâle de la lune... Et, se détachant d'une falaise, une femme qui venait à sa rencontre.

Le lendemain, se plaignant d'un mal de tête, il monta dans sa chambre, attendit le départ des invités. Leurs adieux se turent, l'escalier grinça sous le poids du père qui bâillait en parlant à Léra. On entendit le va-et-vient de la cuisinière qui desservait la table. Puis, le claquement de la porte de service.

Valdas quitta l'Alizé avec l'impression de glisser souplement, à quelques pouces du sol.

Sur le rivage, la lune encore basse éclairait les rochers d'une lumière rasante. Il retrouva la crique où, trois jours auparavant, s'étaient affairés les contrebandiers. Et ce raidillon où avait voltigé la lampe qui leur indiquait la route.

Rapidement, il parvint à l'étroit promontoire sur lequel la femme l'avait fait tomber. Le souvenir resurgit avec une netteté poignante : il cherchait un appui pour descendre et, soudain, un corps l'avait renversé – laissant deviner le désir, chez son assaillant, de ne pas trop le cogner contre les aspérités granitiques…

Valdas s'assit, puis s'allongea, comme pour s'imprégner de la pesanteur du corps qui l'avait dominé.

La luminosité de la lune monta et lui fit croire que tout allait se répéter : les signaux envoyés aux contrebandiers, le froissement de la barque sur les galets, les cris des agents. Et, telle une fatalité magique, l'ombre de la femme qui viendrait étendre au-dessus de lui sa cape usée. Il sentirait la douceur des seins, la brève caresse des lèvres. Dans l'air, planerait l'amertume des ballots de tabac que les hommes jetteraient sur la rive…

Il s'imposa une longue patience, jusqu'au moment où le fraîchin du matin arriva avec la brise. Ce qu'il avait vécu en ce lieu paraissait déjà improbable, se mêlant à la somnolence qui le gagnait. Une course-poursuite, des sifflets, une panique sans issue, une cape de laine... Frissonnant, le dos endolori par la surface caillouteuse de son guet, il se crut ridicule – un enfant rêveur ramassant une pépite d'or qui, dans sa main, devient une tête d'épingle en laiton.

Il s'approcha d'un rocher baigné de vagues assoupies et ne vit aucun sillon marqué par une barque sur les galets. Aucune trace de son aventure... Rien.

Soudain, tel un ourlet brunâtre de varech – ce rouleau de feuilles de tabac ! Avant même de s'en emparer, il reconnut sa senteur amère. C'était une part du fardeau que les contrebandiers avaient perdue sur la plage. Donc, il n'avait pas rêvé.

Pendant une semaine, chaque nuit, il revenait dans cette crique surplombée de rochers, veillait longuement, rattrapant, au retour, ses heures sans sommeil. Personne ne débarqua et pas la moindre lumière ne s'alluma au milieu des falaises. Sa rencontre avec la contrebandière semblait avoir été une chance unique, à moitié fantasmée. Bien trop belle pour se répéter.

Un soir, il repassa dans la baie sans plus espérer voir apparaître la femme – elle avait fini par n'être justement qu'une apparition ! Et la barque – un vaisseau fantôme.

Le ciel était brouillé sous une coulée laiteuse. Valdas avançait, contournant les amas de branchages rejetés par la mer...

Un bruit, lointain et sourd, remonta non pas de la passe exiguë que la barque avait embouquée, dix jours auparavant, mais plutôt de la baie voisine.

Malgré la peur de croiser les gendarmes, il monta sur le chemin de crête, sauta par-dessus un éboulis et, s'accrochant aux arbustes, se mit à descendre...

Le danger vint d'une direction imprévue. Plusieurs lampes-tempête s'éclairèrent sur trois barques qui, à la rame, glissaient vers la côte. Un encerclement ?

Valdas se serra contre une falaise, comprenant mal la logique de l'attaque qui se préparait. C'est seulement quand une voile se dressa au-dessus des vagues qu'il devina comment les fuyards comptaient se sauver : ils lancèrent leur bateau au milieu des rochers à fleur d'eau – un endroit que leurs poursuivants n'auraient osé traverser. Bien visible sous la lune, la voile des contrebandiers s'inclina fortement, répondant aux manœuvres du barreur, le bruit de la coque accrochant un écueil retentit, suivi de coups de feu venus des barques de l'encerclement. Le voilier gîta puis, captant un vent plus porteur, cingla dans le noir.

Les gendarmes débarquèrent pour vérifier si l'un des trafiquants ne se cachait pas dans les environs. La fusillade venait de montrer qu'il ne s'agissait plus d'un simple jeu de cache-cache. Valdas bondit de son abri et se précipita sur le sentier qui remontait vers la piste côtière.

La lune éclairait mal sa voie et, au bout de quelques pas, il comprit avec effroi qu'il s'enfonçait dans une étroite impasse entre deux falaises dont les parois se rapprochaient avant de se refermer.

Il n'eut pas le temps de rebrousser chemin. Quelqu'un, courant derrière lui, dut se rendre compte de ce cul-de-sac mais, au lieu d'en sortir, se figea, condamnant le retrait. Les voix hargneuses des agents ricochaient sur les versants des rochers, leurs bottes remuaient les galets, s'éloignant, revenant.

Dans un brusque vertige, Valdas reconnut le corps féminin serré contre le sien et le carré de laine qui les recouvrait en dissimulant le recoin où ils étaient cachés.

La femme n'était pas grande : la première fois, c'est l'angoisse qui avait créé cette illusion... Le frôlement de leurs corps le fit tressaillir, son visage s'embrasa sous la caresse d'une longue boucle.

Quel mot aurait pu dire ce qu'il éprouvait ? Un éveil sensuel ? L'apprentissage de la virilité ? Ces réflexions viendraient plus tard, montrant à quel point ce verbiage était en deçà de ce qui lui arrivait. Seule la senteur de la laine qui les enveloppait lui offrait plus de bonheur que toutes ses attentes amoureuses.

Quand, sur la rive, une voix donna l'ordre du départ, il le vécut comme le bannissement d'un éden auquel il n'avait pas encore trouvé de nom.

La femme dut sentir chez lui l'écho d'un songe qui se brisait. Mais au lieu de plier sa cape et de s'en aller, elle attira Valdas vers elle, l'empêchant de bouger. Il oublia alors ce qu'il était, n'existant que dans cette étreinte...

Un appel résonna sur la plage : « Sergent, ils ne sont plus là, ces bandits ! Tiens, ils ont abandonné deux ballots de tabac. De quoi pétuner pendant un mois. »

Les tolets des rames grincèrent et c'est alors que la femme rabattit son carré d'étoffe. Elle connaissait le stratagème des agents : mentir, en annonçant le départ, faire semblant de prendre la mer et piéger les malfaiteurs qui ressortiraient de leurs caches. Un vieux truc d'argousins.

Valdas allait le comprendre plus tard. Mais au moment de leurs adieux, il ne vit que l'expression, à la fois tendue et triste, de ce visage féminin. Un visage bien plus jeune qu'il ne l'avait imaginé et à qui la lune donnait le reflet argenté d'une gravure.

Ils marchèrent jusqu'à l'ancienne fumerie et, trop ému, Valdas ne remarqua pas l'instant où la femme s'effaça, laissant l'écho d'un murmure : « Ne reviens plus par ici ! C'est dangereux. Va vivre ta vie ! »

Il resta seul, les yeux fixés sur le sentier où la silhouette de l'inconnue venait de s'estomper. Cet endroit semblait marquer une frontière bien plus essentielle que celle qui séparait les pays et les continents.

À l'Alizé se poursuivit une existence légère, insouciante, pimentée d'idées révolutionnaires. Le temps se gâta et la vie se concentra dans le salon où Léra présenta une nouvelle comédie : les tribulations d'une fiancée qui se faisait voler ses vêtements et devait se cacher dans un étui de contrebasse. Le futur mari la découvrait en costume d'Ève... Léra remplaça la nudité par une combinaison très moulante et l'on regrettait que Tchékhov, décédé quelques années auparavant, ne pût assister au spectacle, lui qui avait souvent séjourné non loin de l'Alizé...

Désormais, Valdas écoutait leur babil telle une langue étrangère. Les volutes des havanes lui rappelaient ses nuits clandestines, le danger, l'obscurité odorante sous un carré de laine et les battements du cœur dans la poitrine serrée contre la sienne.

Il imaginait une barque que les contrebandiers tiraient sur la berge. Et la femme qui cachait des ballots de tabac. À ce moment même, sous les rafales enragées !

Sa belle-mère Léra entra et, avec l'intonation d'un crieur aux portes d'un chapiteau, déclara : le spectacle allait commencer plus tôt que d'habitude, vu les « conditions météorologiques ».

Les invités retournèrent leurs fauteuils pour être en face de la « scène ». Derrière les rideaux accrochés sur les battants d'une large porte vitrée, retentit l'arpège d'une contrebasse qu'on remettait dans son étui.

Valdas monta dans sa chambre, décrocha un ciré et se sauva par la porte de service.

Dans sa poche, il emportait plus de vingt roubles, une petite fortune accumulée pour l'achat de son premier fusil de chasse. Il n'avait qu'une envie : revoir l'inconnue, lui offrir cet argent et… Qui sait ? Peut-être, grâce à ce pactole, allait-elle pouvoir, pendant un mois ou deux, abandonner ses trafics dangereux… Il n'avait rien d'autre à lui proposer ! Juste ces instants de tendresse qu'ils avaient vécus, par accident, sans aucune suite possible.

La nuit n'était pas tombée et revoir les mêmes lieux dans un crépuscule blafard créait l'impression d'un paysage retouché, délavé.

Valdas marcha le long du rivage encombré d'herpes marines – un tronc de bois flotté, un bout de carène rongée par des tarets et, parfois, un vieux vêtement lesté de sable, enrobé d'algues, pareil au corps d'un noyé.

La mer parvenait jusqu'à l'ancienne fumerie, battait les épaisses planches des murs. Il dut la contourner par l'arrière et c'est là, pendant un répit entre deux ressacs, qu'il entendit un cri de colère. Une réplique résonna – éreintée et triste. Il crut reconnaître cette voix !

Par la faille entre deux planches, il épia ce qui se passait à l'intérieur. Trois hommes entouraient une femme courbée et la criblaient de reproches.

« Arrête de te justifier ! cria celui que Valdas avait entendu en premier. C'était à toi de cacher les sacs ! Quoi, les douaniers ? Mais ils étaient en mer, tu avais le temps de courir à la grotte, au lieu de te sauver comme un rat ! On a perdu deux ballots à cause de toi. Vingt-quatre pacsons ! Tu sais combien ça va me coûter ? »

L'homme claqua d'un poing dans sa main comme pour anticiper la correction que la femme allait recevoir.

Son acolyte intervint, jouant à calmer le jeu.

« Bon, Ivan, elle a fauté, notre Taïa, c'est sûr. Mais avec cette flicaille aux fesses, difficile de faire mieux. Déjà, ils nous ont tiré dessus comme sur des taulards… »

Le troisième homme maugréa : « Écoutez, la marchandise est fichue et si le patron l'apprenait, il ne voudrait plus jamais avoir affaire à nous. Donc, ou bien elle nous rend le prix des ballots ou bien… »

Valdas le vit indiquer la mer d'un coup de menton. Au soupir que poussa Taïa, l'homme s'emporta :

« Trop tard pour chialer ! Moi, je ne plaisante pas. Je te foutrai à la mer ! Qu'est-ce que tu crois ? Qu'on va te laisser filer ? Et si tu nous balances aux flics pour sauver ta peau, hein ? »

Il la poussa dans un coin de la baraque et se retira avec les deux autres au fond de la fumerie, pour décider comment récupérer leur mise.

D'une démarche d'automate, Valdas se dirigea vers l'entrée de la fumerie, ne cherchant même pas à dissimuler le bruit de ses pas.

Surgissant dans la porte, il se figea, sans rien dire. Cette attitude le sauva. S'il avait commencé à parler, en prenant la défense de Taïa, les hommes l'auraient roué de coups et, probablement, poignardé pour se défaire d'un témoin. Mais il se dressait, immobile, muet, paraissant bien plus grand dans son ciré. La peur qu'il éprouvait atteignait un tel degré que son visage effraya les hommes, comme le faciès d'un revenant.

L'un d'eux tira un couteau et Valdas, malgré sa stupeur, nota que les mains du contrebandier tremblaient un peu. Un autre craqua une allumette mais sa flamme ne rendit la physionomie de l'intrus que plus sinistre encore.

« Qui… qui es-tu ? », souffla celui qui paraissait être le meneur. Sa voix n'était pas assurée. « Qu'est-ce que tu viens faire par ici ? »

C'étaient des hommes guidés par des superstitions et l'abondance des menaces imprévisibles de la mer. Ce mort-vivant immobile les effrayait.

« Je viens… pour le tabac. » Valdas improvisa ces mots que lui souffla l'odeur venant d'un sac posé à l'entrée.

À cette réponse, les hommes se détendirent, le couteau disparut dans une poche.

« Quoi, "le tabac" ? Tu veux en acheter ? »

Valdas parla d'un ton ferme – l'instinct lui suggérait que c'était son unique façon de rester en vie.

« Non, du tabac, j'en ai déjà. Les deux ballots qu'elle m'a donnés. Là, je viens pour régler... »

En disant « elle », il eut un hochement de tête en direction de la femme qui se tenait contre un mur, le regard baissé.

Le chef s'anima, reprenant ses réflexes de trafiquant.

« A-ah, je vois... C'est elle qui, en douce, t'a refourgué la marchandise. Hé-hé, la maligne ! Et moi qui voulais déjà la foutre dans la flotte ! Bon, parlons affaires. Il y avait deux ballots, douze pacsons dans chacun. Ce qui te fait... Oui, vingt-quatre roubles et pas une écaille de plus ! Le pognon, tu l'as sur toi, j'espère ? »

Hypnotisé par leurs regards, Valdas plongea la main dans sa poche et, sortant les billets, eut du mal à garder sa voix endurcie. Son ton commençait à trémuler :

« J'en ai seulement vingt et un, plus deux roubles en pièces de quinze et de dix. Rien d'autre... »

Le chef saisit les billets, les compta, en crachotant sur ses doigts, puis secoua la monnaie avec un sourire aigre.

« Bon, tu nous rendras le reste plus tard, sans faute. La prochaine fois, il t'en faudra combien ? Deux ballots ? »

Valdas bredouilla, sentant que celui qu'il avait réussi à camper l'abandonnait :

« Oui, deux ballots. Ça doit pouvoir me suffire... »

Les hommes échangèrent un coup d'œil : ce drôle d'acheteur maîtrisait mal leurs codes de marchandage.

L'un d'eux poussa un ricanement fielleux :

« Tu as de toutes petites mains, toi. On dirait une bonne femme. Tu n'es pas par hasard le fils du gouverneur ? »

Tous les trois s'esclaffèrent : fournir en tabac le dignitaire suprême de la province, ç'aurait été le comble !

La joie d'avoir récupéré l'argent les dissuada d'avoir trop de soupçons. Ils ramassèrent leurs sacs et quittèrent la fumerie. Le chef se retourna, déjà sur la berge.

« Nous reviendrons à la fin du mois. Un dimanche, vers minuit. Quand les flics dorment le mieux. Passe au Vulcain, à côté du marché, une gargote où cette garce fait la serveuse. Elle te dira où chercher tes ballots... »

Il toisa la femme et parla avec un dédain moqueur :

« Et toi, essaye encore une fois de cacher du tabac sous ta jupe. Je te ferai traverser Yalta, les fesses nues ! »

Ils disparurent dans les embruns du crépuscule. On entendit un éclat de rire et des grognements satisfaits.

Avec une lenteur indécise, Taïa alla vers la porte, s'arrêta comme pour qu'il puisse la rejoindre et ils marchèrent, sans accélérer, soucieux d'éviter les hommes qui les avaient précédés. Ou bien, voulait-elle prolonger ces minutes ?

À l'endroit où le chemin bifurquait, ils s'arrêtèrent : Valdas allait remonter vers le quartier des villas, tandis qu'elle redescendrait dans le lacis des venelles, près du port.

Le visage de Taïa, aux pommettes fortes et aux yeux légèrement bridés, avait des traits fréquents en Crimée, dans une population de Tatars, de Russes et de Grecs. Mais il nota surtout l'apaisement qui la gagnait, une expression de tendresse, libérée de la peur.

Elle devait être âgée d'une vingtaine d'années, c'est-à-dire très éloignée de l'adolescent qu'il était. Et c'est grâce à cet écart qu'elle trouva le seul geste sans fausseté : elle l'attira vers elle et l'embrassa sur la tempe, ne disant rien, ne souriant pas. Puis, s'en alla.

Il la vit s'effacer dans la brume, sans ressentir aucune émotion. Le seul départ de cette femme, sa seule absence semblait pouvoir remplir une très longue vie, sur une autre planète.

En rentrant à l'Alizé, il entendit des applaudissements et, dans une brève illusion, crut qu'on saluait ainsi son retour. Après tout, il avait tenu tête aux contrebandiers !

Non, personne ne remarqua son arrivée. Sur une scène aménagée entre deux salons, les comédiens s'inclinaient devant les spectateurs qui les acclamaient. Léra, en combiné audacieux, soutenait l'étui béant d'une contrebasse. Tomine, les yeux exorbités, manifestait la stupeur de trouver sa fiancée à la place de l'instrument.

Ce qui frappa Valdas, ce fut l'infini éloignement des instants où Taïa et lui marchaient côte à côte, seuls dans une galaxie inconnue. Et ce baiser sur sa tempe – il touchait sa peau qui paraissait d'une sensibilité insolite.

Tout ce qu'il avait vécu « là-bas » n'avait donc duré que le temps d'une piquante petite comédie inspirée de Tchékhov !

La nuit, il passa des heures à réfléchir aux détails qui lui avaient permis de jouer sa comédie à lui, face aux trafiquants. Oui, sa voix qui avait entamé la mue et résonnait avec une rugosité mâle. Et cet imperméable doublant ses gabarits. Et aussi son état somnambulique, la certitude de jouer son va-tout.

Pourtant, au-delà du succès de ce jeu trompeur, il était conscient d'avoir séjourné dans une vie affranchie des lois de ce monde.

Les jours qui suivirent, il pensa au destin de Taïa : à l'égal des hommes, elle affrontait la mer et les traquenards montés par la police. Et aussi la violence de ses camarades qui pouvaient la punir pour un accostage raté ou la perte d'un ballot de tabac.

L'Alizé profitait de l'opulence des riches, tandis que la misère poussait le peuple à voler, à tuer ou, au mieux, à travailler dans une gargote où venaient ceux que le père de Valdas appelait les « bas-fonds ».

Un soir, au moment où les invités se préparaient à voir un nouveau spectacle, Valdas décida de partir à la découverte de ces « classes populaires » qu'il n'avait jamais eu vraiment l'occasion de côtoyer.

Dans sa poche, se lovait un petit Browning qui, même déchargé, pouvait être dissuasif en cas d'agression.

C'est ainsi qu'il imaginait les quartiers malfamés : des bagarres dans des ruelles encombrées de mendiants, des infirmes s'arrachant une croûte de pain, des femmes dépenaillées et criardes – en fait, des images de misère qu'il trouvait dans ses livres – cours des miracles à Paris, taudis sur les rives de la Tamise…

Le monde des exclus se présenta brusquement : un malfaiteur, chemise sale et pantalon rapiécé, trébuchait dans la poussière, entraîné par deux gendarmes. Sa maigreur démontrait l'abîme entre les bien nourris et les affamés. Deux classes séparées par un mur étanche.

S'approchant, Valdas fut très étonné de voir que le représentant des « bas-fonds » était en réalité un ivrogne, jurant et empestant l'alcool tout au long de son passage.

Dans les rues censées abriter les miséreux, la vie se déroulait avec une tranquillité déroutante. Une femme, assise sur un tabouret, glissait ses mains dans les mailles d'un filet de pêche qu'elle réparait. Sa voisine arrosait des tiges recourbées sous le poids des tomates. Étaient-elles suffisamment pauvres pour mériter la compassion due aux « bas-fonds » ?

Il tourna dans une rue qui descendait vers le port. Une forte odeur d'algues précéda deux hommes qui marchaient pieds nus et se courbaient sous des fardeaux dégoulinants. Des chiffonniers écrasés sous des sacs de déchets ? Il se retourna et vit qu'il s'agissait de pêcheurs qui venaient de débarquer avec leur prise. La frontière entre deux sociétés était bien là : des mariniers qui gagnaient leur pitance dans la tourmente des vagues et les riches qui allaient manger ce poisson, l'accompagnant de vins très chers et de bavardages mondains. Mais ces nantis étaient-ils plus... heureux que les deux compères qui s'éloignaient en lançant des plaisanteries à propos d'une amie poissonnière ?

À l'entrée d'une impasse, il distingua un vieux Tatar, enveloppé d'un caftan aux couleurs déteintes. Les yeux mi-clos, l'homme ne bougeait pas, seuls ses doigts tournaient un chapelet. Il était certainement pauvre, vu l'état de ses vêtements. Cependant, son calme souverain semblait le hisser au-dessus de sa condition. Une autre qualité, difficile à saisir, paraissait plus importante : cette humble aptitude à la sérénité et au bonheur.

Le marché était déjà fermé et l'emplacement du Vulcain s'annonça avant que Valdas n'en remarque l'enseigne – l'odeur des grillades, de l'ail et de la bière.

Il se préparait à voir une salle secouée par une rixe entre matelots ivres, des volées de jurons et le bruit des chaises renversées. Mais au lieu de cette scène empruntée aux romans, il vit une large pièce à moitié vide et d'où parvenait le chevrotement d'un gramophone. Un chant pleurait « l'amour, emporté comme une mouette par un vent d'hiver ». Valdas eut envie de s'installer à côté des clients qui mangeaient du poisson servi avec des pommes de terre et du piment. Mais il n'avait plus d'argent et venir juste pour demander où il pouvait trouver Taïa risquait de dénoncer le trafic auquel elle prenait part. Et aussi son rôle à lui : il avait négocié avec les contrebandiers, devenant ainsi l'un des leurs.

Il observa donc la salle par une fenêtre ouverte : une longue table, sans nappe, des guirlandes de fleurs en papier et le pavillon béant du gramophone – une serveuse vint changer le disque, tourna la manivelle. Elle portait un tablier taché de graisse et, sur sa tête, un foulard délavé – une gargotière au maintien grossier, aux gestes lourds.

Soudain, dans l'angle de la pièce, il aperçut une autre serveuse… Non, c'était la même ! Elle se tenait là, les yeux fixés sur le soleil tardif entrant par la porte.

Le patron apparut et dissipa ce dédoublement :

« Taïa, suffit de flemmarder, va laver la vaisselle ! »

Il lui tapota le dos, sous les lacets du tablier, provoquant des quolibets grivois des clients. Elle alla ramasser les assiettes, évitant les bras qui se tendaient vers elle, et avant de quitter la salle, jeta un coup d'œil sur la clarté du couchant.

Valdas crut que, par le même regard, elle apercevait ce jeune homme – lui-même – posté au milieu de la rue.

S'égarant dans les passages du port, il déboucha vers un radoub où une vieille barcasse se trouvait encastrée. Un bateau qui ne reprendrait jamais la mer…

Les cris d'une dispute fusèrent, tout près de lui – angoissé, il toucha le pistolet dans sa poche. Des appels vengeurs semblaient le viser : « Vas-y, casse-lui la gueule ! Tire-lui dessus ! Mais tire ! »

Valdas s'arrêta devant une foule qui hurlait sa colère. Dans un chapiteau, le propriétaire d'un cinéma ambulant était en train de projeter son film, évidemment muet. Les spectateurs qui avaient payé la séance se trouvaient à l'intérieur. Les autres, les garnements du quartier, se bousculaient devant les trous percés dans la bâche.

Lui aussi colla son œil à une déchirure et vit un grand jardin où une jeune fille en crinoline repoussait les assauts lubriques d'un forban en casquette. Un héros providentiel, vêtu d'un smoking, agitait un revolver dont le mutisme était suppléé par les « pan-pan » que les jeunes gosiers exhalaient avec hargne. Étrangement, au voyou dont ils étaient socialement plus proches, ces spectateurs sans ticket préféraient le gentleman gominé qui parvint à secourir l'héroïne, juste avant qu'elle ne subisse l'irréparable...

Sur le chemin du retour, Valdas pensa à l'engouement du peuple des « bas-fonds » pour la vie des riches. Et aussi, à la passion du spectacle – la même que chez les invités de l'Alizé.

Ces questions l'aidèrent à oublier la serveuse qu'il venait de voir dans la salle du Vulcain : une existence trouble et triste, pour laquelle il éprouvait du dégoût. L'odeur de graillon, un tablier graisseux, l'eau de la plonge, chargée d'arêtes. Et, autour d'elle, un magma de corps tassés, des voix qui écorchaient les mots dans un jargon qu'il avait peine à comprendre. Oui, les « bas-fonds »...

Comme pour éviter le contact des ruelles sordides qui traversaient le quartier du port, il fourra ses mains dans les poches et... il ne trouva pas son Browning ! Pendant qu'au milieu des jeunes, il suivait le film, ils l'avaient délesté de ce pistolet et aussi d'un mouchoir brodé de ses initiales.

La découverte le fâcha et l'amusa en même temps. Le cinéma rejoignit le réel : un va-nu-pieds se rêverait désormais en beau gandin, sauveur d'une jeune aristocrate moussant de dentelles.

Le salon de l'Alizé, où les invités étaient en train de goûter des liqueurs de Crimée, le frappa par un mélange délicat d'arômes spiritueux et de parfums. Après la puanteur des quartiers populaires, il eut l'impression de pouvoir enfin respirer. Propreté, tabac affiné… Et les mots qui semblaient aussi avoir un goût différent.

Valdas s'endormit avec le sentiment d'avoir traversé un lieu de perdition, pareil à l'eau stagnante du radoub, un monde où il n'aurait plus jamais à revenir.

Deux jours plus tard, son exploration ratée des « bas-fonds » eut une suite troublante.

En quittant l'Alizé pour aller se baigner, il aperçut Taïa ! Elle remontait la rue, s'arrêtait devant les entrées, levait les yeux vers les fenêtres… Le cherchait-elle, lui ?

L'idée l'effraya. Reculant, il se glissa derrière le portail, puis courut à la maison. La visite de Taïa parut logique. Elle voulait retrouver celui qui avait commandé deux nouveaux ballots de tabac. Justement, elle avançait, un lourd cabas au bras. Oui, elle venait lui livrer sa marchandise !

Il monta dans sa chambre et, se cachant derrière les rideaux, surveilla la jeune femme qui s'approchait de la villa voisine – Poseidonia.

La peur diminua devant les arguments qu'il parvint à enchaîner : les contrebandiers ne connaissaient pas le nom qu'il portait et encore moins son adresse…

Mais peut-être l'avait-on pris en filature, le soir où il était venu au Vulcain ? Les clients de la gargote pouvaient très bien faire partie de la bande ! Cette supposition en suggéra une autre, à la fois flatteuse et angoissante : Taïa voulait le revoir, renouer avec ce qu'ils avaient vécu ensemble !

L'idée d'une tendresse retrouvée lui coupa la respiration. Mais plus violente fut la crainte de voir cette femme entrer dans le grand salon de la villa où il devrait la présenter à ses parents. Ils auraient entendu sa façon de s'exprimer – un sabir de mots russes et tatars qu'on parlait autour du port. Il imagina cette « femme du peuple » s'asseoir à leur table, toucher leurs couverts avec ses mains qui devaient sentir l'eau de la plonge.

Taïa s'arrêta à leur portail, écarta une branche de rosier qui recouvrait la plaque d'émail. Valdas laissa son regard courir sur les meubles avec l'intention risible de se cacher sous son lit. Une sonnerie retentit, plus effrayante qu'un coup de tonnerre...

Non, ce n'était pas celle de leur clochette ! En regardant dehors, il se mit à souffler comme sur un thé trop chaud. Ouf... Devant une villa, du côté opposé de la rue, Taïa était en train de parler avec une domestique qui tenait un baquet où bougeaient de gros poissons tachetés.

Tout devint clair. La serveuse du Vulcain venait achalander le garde-manger d'un voisin.

Taïa essuya les mains contre le torchon qui recouvrait son cabas, glissa l'argent dans la poche de son tablier et s'en alla. En marchant, elle murmurait des mots silencieux, dans une succession de petits sourires tristes.

De nouveau, il crut distinguer en elle la femme qu'il avait entrevue sur le rivage…

Cette fois, ce qui les séparait n'était plus leur différence d'âge ou de statut, mais cette peur honteuse qu'il venait d'éprouver, son refus d'échanger avec elle une simple parole. Elle n'aurait rien demandé d'autre.

Pendant de longues années, il allait être hanté par ces minutes de lâcheté qui l'avaient empêché de descendre en hélant Taïa, marcher avec elle jusqu'à la mer, en espérant revivre une vie nocturne dont il n'avait connu que le tout premier instant.

Sa découverte des « bas-fonds » l'aida à mieux apprécier le monde de l'Alizé.

Son père avait déjà regagné Saint-Pétersbourg où il allait défendre dans un procès un député « progressiste » de la Douma. Valdas profitait de cette absence pour rester à la plage jusqu'au coucher du soleil, d'autant que la saison théâtrale de Léra venait de prendre fin.

Ce soir-là, revenant d'une baignade tardive, il passa comme souvent par l'arrière du jardin.

Au milieu des pins, il aperçut un reflet de lumière dans la fenêtre du petit pavillon recouvert de rosiers. Seule sa belle-mère Léra y venait parfois, après le dîner, pour préparer les mises en scène de son théâtre amateur.

Tout ce qu'il ressentait pour cette femme de trente-six ans s'éveilla avec une force nouvelle : il était désormais celui qui, en pleine nuit, avait enlacé une inconnue, se cachant avec elle sous une cape de laine. Non, il ne ressemblait plus à ce timide adolescent qui scribouillait, en catimini, des vers romantiques.

Il s'approcha de la gloriette, sans avoir à se dissimuler. De l'intérieur, on ne pouvait pas le distinguer dans l'obscurité, au milieu des feuillages.

Tomine, le peintre, était assis dans un fauteuil, un verre élégamment tenu entre deux doigts et une chemise de soie ouverte sur la poitrine. Il balançait la tête comme pour exprimer un doute. Léra, installée sur un pouf, souriait avec une mine de conspiratrice.

Valdas s'en souviendrait dans son insomnie. Mais, pour le moment, il ne voyait que le corps de Léra, la provocante cambrure de son combiné noir – la guêpière qu'elle portait au moment où, sur scène, elle se cachait dans l'étui d'une contrebasse.

Une femme prête à se donner et son amant qui connaissait l'art de la lenteur amoureuse… Respirant par saccades, Valdas devinait que c'était déjà le début de l'accouplement, une étreinte de regards.

Tomine se redressa, étreignit Léra, en froissant son bustier. Elle fit entendre un petit rire :

« Laisse-moi, je vais me déboutonner… Va fermer les volets ! »

L'homme s'exécuta et Valdas aperçut, avant que la fenêtre ne devienne aveugle, le haut de ce corps féminin, la finesse des clavicules et les aréoles sombres de ses seins…

Il passa la nuit à imaginer ce qui se déroulait dans la gloriette. Son désir cédait devant une jalousie féroce, puis une adoration exaltée mais aussi l'envie de déchirer la guêpière de Léra, d'écraser ses seins, de foncer sur elle comme l'avait fait Tomine. Tel un rapace !

Quand la tourmente se calma, il crut comprendre le secret de l'existence prospère que lui offrait l'Alizé. Bien plus que l'appartenance à la classe des privilégiés, on y goûtait la complexité des sentiments, la délicatesse des manières, toute une grammaire de séduction, les gammes de vins, de parfums, mille nuances parlantes. Comme cette lenteur avec laquelle Léra et Tomine avançaient vers leur nuit d'amour. Et même les agrafes du bustier, malaisées à desserrer, devenaient nécessaires pour aiguiser la soif de la possession. Oui, un jeu théâtral, plus important que la réalité elle-même.

Il s'endormit avec une agréable certitude de vivre du côté ensoleillé du monde. Et pour que cette joie devienne sans ombre, il lui fallait oublier cette étrange Taïa condamnée à croupir dans la misère des « bas-fonds ».

II

À Saint-Pétersbourg, le froid figea rapidement la fièvre estivale. Les souvenirs ressemblaient déjà à un vieux récit fabulé : sa rencontre avec les contrebandiers, l'assaut des gendarmes et l'apparition de cette inconnue – une belle ombre nocturne qui se transformait en une serveuse essuyant ses mains rouges contre un tablier sale…

Chaque jour l'éloignait davantage de ce troublant épisode. Léra lançait des invitations, organisait des dîners et tenait un salon qui attirait la « fleur du milieu artistique de la ville », disait-elle avec satisfaction.

Valdas vivait d'une attente amoureuse, d'une espérance qui, un soir, s'incarna : devant lui, surgit un sosie de sa belle-mère, sa copie adolescente. Cette gracile Kathleen vint avec son père, un diplomate connu, au salon littéraire de Léra.

Sous le regard de la jeune fille, tout demandait à être redécouvert. Saint-Pétersbourg semblait être conçu pour eux, les deux amoureux aux gestes aussi platoniques que le frôlement des flocons de neige sur les cils. C'est ce que Valdas rimait dans ses vers : leurs longues promenades chastes, la sonorité des syllabes « Kath-leen » (tellement plus *stylish* que le « Katia » russe, son prénom d'origine), ses yeux « célestes », des perspectives bordées de palais, la saveur d'un vin très doux, dans un café tenu par un Français sur la Nevski.

En ce début de 1914, le souffle du pays mesurait la lenteur des jours bien prévisibles que rien ne pouvait troubler. Le père de Valdas venait de gagner un procès retentissant, les journaux saluaient le talent oratoire d'un « avocat démocrate ». Le salon de Léra rassemblait un élégant foyer de fronde qui vilipendait l'inaction du « tsar fainéant », son manque d'énergie politique.

Valdas préférait, au contraire, le calme ensommeillé des horloges qui, le long des douze mille kilomètres de l'empire, assuraient à la Russie une douce constance archaïque.

Le printemps vint comme si la ville n'avait jamais connu une telle saison. Peut-être à cause du regard de Kathleen, ce bleu pailleté qui se confondait avec l'éclat de la Néva en crue.

En juin, les parents de son amie invitèrent la famille de Valdas à passer une semaine dans leur « modeste datcha », sur une île au large d'Helsingfors.

Le dépaysement fut non seulement géographique (il ne connaissait pas la Finlande) mais « linguistique » : la famille de Kathleen pratiquait une subtile anglophilie. Le père diplomate s'interrompait parfois et, avec un sourire confus, s'excusait : « Ah, comment dit-on cela déjà ça en russe ? », en montrant que l'anglais lui était plus naturel et aussi très utile pour ne pas être compris par les domestiques.

Valdas se souvenait qu'à Saint-Pétersbourg, leurs invités employaient la même astuce mais en passant au français, ce qui ne l'avait jamais choqué. Ici, il vit un jour ce paysan venu avec un chargement de bois et qui n'entendait pas ces mots étrangers. La volonté d'exclure ces gens simples jurait avec le credo humaniste que les deux familles mettaient toujours en avant.

Il oubliait cette hypocrisie en rejoignant Kathleen. Leurs balades sur l'île marquaient les étapes d'un chaste rapprochement. Le voile bleuté de la Baltique, l'étagement nugeux du ciel, leurs pas sur la rive qui, dans sa tête, sonnaient en strophes…

À la fin de la semaine, il repartit avec ses parents pour Saint-Pétersbourg. Mais le rendez-vous était pris : au mois d'août, ils allaient tous se retrouver en Crimée ! L'été annonçait une promesse de fiançailles.

C'est pendant ces jours-là qu'il crut avoir composé ses meilleurs poèmes.

En juillet, il revit Kathleen à Saint-Pétersbourg. Sur le visage délicatement hâlé de la jeune fille, le bleu de son regard paraissait plus intense. Leur pudique amour se vivait au rythme des nuits claires, au bord des canaux, dans le reflet fluide des palais et des jardins où les rares noctambules avançaient à travers un songe éveillé.

Cette pâleur onirique allait bientôt s'effacer devant la lumière du sud. C'est là, en Crimée, que tout deviendrait pleinement réel ! Ils marcheraient le long de la mer, ramasseraient un galet de calcédoine ou l'éclat d'une amphore grecque, l'occasion pour lui de montrer son érudition. Puis, un soir, au coucher de soleil, il lirait à Kathleen un poème, une déclaration plus profonde que n'importe quel aveu.

Des années plus tard, Valdas penserait à la « ruse de l'Histoire » dont parlaient les philosophes.

Mais à l'époque, ce ne fut pas une ruse mais une immense fourberie jouée par les soi-disant lois du réel.

Le 30 juillet, en réponse à l'agression germanique, la Russie annonça la mobilisation générale. La Première Guerre mondiale, la « Grande Guerre », allait commencer, même si personne n'employait encore ces noms.

La campagne promettait d'être brève et victorieuse. Les gens s'embrassaient dans les rues, prêts à aller « défendre nos frères slaves ». La rumeur insinuait que l'empereur Nicolas, velléitaire à son habitude, avait obéi au ministre des Armées : « Majesté, si vous essayez de négocier, le peuple ne vous suivra pas ! Et alors… »

Bref, le tsar devait choisir entre la guerre et la révolution. Qui aurait pu imaginer, en ce mois de juillet 1914, que bientôt l'une provoquerait l'autre ?

Pour Valdas, la conséquence la plus pénible fut l'impossibilité de partir en Crimée. Les patriotes devaient servir la cause sacrée qui souda et soûla toute la société. Seuls les bolcheviques se démarquaient de l'enthousiasme général et dénonçaient les capitalistes qui allaient s'enrichir sur les cadavres des travailleurs.

Le père de Valdas, qui avait toujours prôné le soutien aux « classes défavorisées », fulminait désormais contre les « Rouges », ces traîtres à la patrie.

D'autres « comédiens » avaient aussi changé de rôle. L'été précédent, en buvant du vin de Crimée, les poètes déploraient la « brutalité soldatesque du régime » qui ne tenait « qu'à la pointe des baïonnettes »... Dès le début de la guerre, ils se mirent à célébrer les « chevaliers en armure de lumière » et le tsar, « terrassant l'hydre teutonne ». Les rimes étaient souvent bancales, le pathos se révélait poussif, mais la sainteté de l'empereur-soldat primait la métrique.

C'est le père de Kathleen qui interpréta le « sketch » le plus inattendu. Un mois auparavant, il expliquait pourquoi l'Allemagne et la Russie ne se feraient jamais la guerre. Il exhibait même une preuve photographique : on voyait les deux empereurs, Nicolas et Guillaume, porter les uniformes qu'ils venaient d'échanger. Le Russe en officier allemand et l'Allemand en militaire russe.

Devant l'extraordinaire démenti que le « réel » avait apporté, l'homme changea d'avis : l'union entre les Slaves, les Gaulois et les « *Britons* » (il le disait en anglais) allait mettre fin à l'expansion des barbares prussiens.

Valdas imita cet élan et quand les journaux commencèrent à publier les portraits des héros tombés « au champ d'honneur », sa décision fut prise : il entra dans une école des cadets, la pépinière des aspirants qui allaient remplacer les officiers tués.

S'il y avait quelqu'un qui, dans ces temps cruels, gardait son calme, c'était bien Kathleen. Elle posait sur lui un regard serein, faisait une petite moue de compassion lorsqu'il parlait de victimes et, en apprenant qu'il avait choisi la carrière des armes, ne manifesta aucune inquiétude. Ce manque d'émotion le troubla : il allait bientôt monter au front, s'exposer à la mitraille et Kathleen pouvait perdre l'homme qui l'aimait « plus haut que la vie », comme il disait dans l'un de ses poèmes. Un peu distraitement, elle lui demanda de « faire attention »...

Il préféra voir dans cette attitude une forme de sagesse.

Après les réussites militaires de 1915, la situation s'inversa, les Allemands lancèrent de grandes offensives et, une année plus tard, à l'automne 1916, l'unité de Valdas fut envoyée en première ligne, non pas pour se battre – ses camarades n'avaient que dix-sept ans – mais pour transporter les cadavres. Venu en permission, il tarda à retrouver Kathleen, craignant de la « contaminer » par l'odeur de pourriture.

Sa fiancée devait rester à l'abri de ces horreurs !

En quelques mois, le tsar perdit son nimbe de souverain sanctifié, devenant le bouc émissaire de toutes les défaites. Et le « cher ami » de l'impératrice, le sinistre Raspoutine, finit par être assassiné ! Sa mort devait, espérait-on, sauver la dynastie.

En venant chez Kathleen, Valdas la surprit, un jour, en plein travail de broderie. Sur un grand cerceau qui étendait un carré de tissu, des aiguilles allaient et venaient, sans hâte, en recouvrant de fils colorés un paysage tracé au crayon : une prairie entourée d'arbres, un ruisseau et, en retrait, une jolie maison aux fenêtres fleuries…

Ce nid d'amour l'éblouit d'un attrait hallucinatoire : ils allaient bientôt s'installer dans un cottage semblable, admirer le vol d'hirondelles que Kathleen piquetait de son aiguille. Tout leur amour se refléta dans ce rêve.

L'année 1917 commença par une belle promesse : dans deux mois, tout allait être prêt pour leurs fiançailles ! Il partit au front avec la certitude de pouvoir, par sa bravoure, rapprocher le retour de la paix.

Mais, en février, le trône tomba. La révolution transforma l'empereur en « citoyen Romanoff » comme il décida de se désigner. Les officiers n'étaient plus obéis, les généraux ressemblaient aux tribuns d'opérette. Des « comités de soldats » décidaient désormais de tout mouvement de troupes.

L'indignation que Valdas en éprouvait au début céda la place à une compréhension peinée : pourquoi ces soldats, en fait, des paysans revêtus d'uniforme, devaient-ils tuer d'autres paysans, allemands ou autrichiens ?

Son rêve de « cottage brodé » devint une obsession. Chaque nuit, ce bonheur en fil de soie revenait dans son sommeil et le réveillait plus souvent que le bruit des explosions. Célébrer les fiançailles (au mois de mai, décidèrent-ils) devint un gage de survie : aucune balle ne pouvait le frapper avant que leurs mains ne s'unissent !

Au mois de mai, devant le danger d'une attaque allemande, le père de Kathleen expédia son épouse et sa fille dans leur maison de Finlande. Venu en permission, Valdas ne retrouva que l'écho de leurs promenades dans la pâleur des nuits. Et une ville (rebaptisée Petrograd) défigurée – les agitateurs bolcheviques tenaient le haut du pavé, le Gouvernement provisoire, très affaibli, faisait circuler les nouveaux billets de banque – petits rectangles miteux qu'un gamin aurait pu falsifier avec un pinceau et deux tubes de couleurs. La vie elle-même ressemblait à un jeu d'enfants, sauf que les joueurs étaient armés et prêts à tout pour s'emparer du pouvoir.

Valdas envoya plusieurs lettres à Kathleen et n'en reçut qu'une seule réponse. Des mots qu'il lut et relut, émerveillé par la constance de leur attachement.

Les fiançailles furent reportées à plus tard – au mois d'août, espérait-il, imaginant une victoire proche, des vacances enfin possibles, le départ en Crimée…

Au mois de juillet, dans un bref combat de tranchées, il fut blessé – une balle l'atteignit de biais en arrachant la poche de sa vareuse où il gardait la dernière lettre de Kathleen : une boule de papier imbibé de sang.

En août, la situation empira. Le gouvernement tanguait, les soldats désertaient par centaines et Valdas comprenait que faire venir Kathleen était trop risqué.

Enfin, tout sembla s'arranger pour le mois d'octobre. Il allait obtenir une permission, sa bien-aimée traverserait la Baltique, ce serait plus sûr que de prendre le train. Dans une ville où les vivres commençaient à manquer, Léra (merveilleuse belle-mère !) réussit à trouver de quoi dresser une table à la fois bien garnie et modeste car il ne fallait pas « provoquer le ressentiment du peuple ».

Arrivé dans la capitale, Valdas attendit donc la venue de Kathleen. Deux télégrammes, envoyés d'Helsingfors, se démentaient l'un l'autre : oui, elle devait le rejoindre le 27 octobre, non, les liaisons maritimes n'étaient plus maintenues à cause des mines flottantes.

La veille de la date annoncée, il courut au télégraphe central pour la dissuader de venir : un grand désordre régnait dans la ville, le palais d'Hiver venait d'être mis à sac, le gouvernement s'était enfui et, d'ailleurs, l'immeuble du télégraphe était investi par les gardes révolutionnaires.

Le lendemain, il repartit au front – une fidélité bien saugrenue au serment militaire.

Plus de vingt ans après, à Paris, au cœur d'une autre guerre, il ferait la connaissance d'un prêtre qu'un jour, il entendrait s'exclamer : « Peut-il y avoir une chose plus horrible qu'une guerre ? »

Après une seconde de réflexion, Valdas lui répondrait : « Oui, une guerre civile. »

Mais en 1918, il discernait mal la frontière séparant les combats contre les Allemands et le début d'un conflit où les Russes commencèrent à se massacrer entre eux.

L'armée avait défendu le tsar, puis le Gouvernement provisoire et, enfin, devenant « armée Blanche », lutta contre les Rouges. Mais au nom de quelle Russie ?

Il perdit vite le décompte des mois – sa vie d'avant paraissait un songe : la Crimée, le théâtre de Léra, la rencontre avec Kathleen, le projet de mariage… Aussi irréel qu'une maison brodée sur un bout de tissu.

En octobre 1919, son régiment prit part à une offensive qui parvint aux portes de Petrograd. Avec une précision fantasmatique, il imaginait Kathleen qui l'attendait dans cette ville assiégée. Savait-elle qu'il se trouvait à une journée de marche et allait bientôt défiler sur la Nevski ?

L'offensive des Blancs fut brisée par les « bandits rouges », comme disaient ses compagnons d'armes. Les Anglais, qui avaient financé la campagne du Nord, évacuèrent les vaincus. Valdas, lui, refusa de partir.

Son régiment, décimé, combattit sur le Don, repoussé encore et encore vers le sud. Les Rouges et les Blancs parlaient la même langue, portaient des noms semblables, venaient des mêmes villes et villages. Cela aurait dû atténuer la haine mais Valdas observait chaque jour que la parenté provoquait une violence bien plus féroce.

Arrivant sur les bords de la mer d'Azov, il traversait des hameaux dont les habitants avaient été assassinés avec une cruauté… « bestiale », pensa-t-il et aussitôt se ravisa : non, aucune bête n'aurait égorgé, écartelé, cloué à un mur ces corps suppliciés – femmes, enfants et même des vieillards grabataires. Il se rappelait l'insondable bêtise des invités de l'Alizé : ces artistes célébraient la bonté naturelle du peuple, la profondeur de son âme. C'est le même peuple qui sabrait à présent les poitrines comme pour en extraire cette « âme » introuvable.

À Berdiansk, un port de la mer d'Azov, un habitant lui indiqua l'endroit où les Rouges avaient fait couler une barge remplie d'officiers blancs ligotés. Valdas déclara qu'une fois le pouvoir rétabli, les auteurs de ces exactions allaient être jugés et fusillés. Mais, en vérité, qui était à la source de ce mal ? Le tsar manipulé par son épouse germanique ? Les Allemands qui avaient payé Lénine et ses sbires ? Ou bien tous ces « libres penseurs » qui jouaient avec les explosifs révolutionnaires, tels des enfants s'amusant à craquer les allumettes ?

Valdas n'y pensa plus. Sa tâche était d'épargner les vies de ses soldats et, en abandonnant une ville, de se retirer avec autant de dignité que leurs rangs clairsemés le permettaient.

Une lettre le rattrapa au nord de la Crimée. Un officier qu'il avait croisé durant la prise ratée de Petrograd lui transmit une enveloppe fatiguée qui avait beaucoup souffert des intempéries.

Et du retard aussi ! La missive, datée de janvier 1920, était vieille de neuf mois. Valdas pensa à Kathleen mais ne reconnut pas son écriture. Non, c'était Léra, sa belle-mère, et, dès les premières phrases, il comprit que ce courrier avait été précédé par deux autres qu'il n'avait pas reçus et qui racontaient ce qui s'était passé après son retour au front, en novembre 1917.

Ce que Léra disait ressemblait à un écho lointain : en décembre 1918, le père de Valdas mourut – elle mentionnait ce décès uniquement pour préciser un détail d'héritage (« On verra cela quand tu reviendras »). Elle-même se trouvait à Helsingfors et s'apprêtait à partir pour Stockholm, un lieu plus sûr : « Les Finlandais vont peut-être refaire leur petite révolution, en imitant nos bolcheviques. » D'ailleurs, en Suède, Kathleen pourrait l'aider à « se débrouiller » grâce aux relations de son mari, riche marchand d'art…

Valdas dut relire cette phrase plusieurs fois : oui, c'était bien « sa » Kathleen, sa fiancée qui, comme il l'avait toujours cru, devait attendre fidèlement son retour et leur mariage.

Plus tard, il apprendrait que leurs fiançailles avaient été rompues dès 1919 et qu'à l'époque, Kathleen vivait déjà à Stockholm, dans la villa de son futur mari…

À la lecture de la lettre, il sentit avec une évidence physique que le temps avait bifurqué : trois ans qui le séparaient du passé n'étaient qu'un flux de sang, de boue, de cris, de maisons aux fenêtres soufflées, de routes encombrées de cadavres. Et ces mêmes années avaient déployé, pour Léra, une multitude d'affaires à régler, d'importantes rencontres et de sollicitations, tout un « théâtre » qui avait permis à cette femme de quitter un pays en feu et de rejoindre l'ex-fiancée de Valdas.

Il aurait continué à ressasser son malheur, mais l'officier qui lui avait apporté la lettre apprit la teneur de la missive et proposa de « noyer tous ces traîtres dans une bonne bouteille de muscat de Crimée ».

Valdas connaissait bien les paradoxes de la guerre : leur cours meurtrier s'interrompait parfois, vous laissant dans une ville que l'ennemi venait d'abandonner. Un quotidien familier reprenait – magasins, cafés, spectacles et même, comme ici, un « établissement », à la fois restaurant, hôtel et maison de passe.

Ils s'enivrèrent vite, sachant que cette soirée pourrait être la dernière et que ceux qui les entouraient – les militaires, les trafiquants du marché noir et les « dames » – n'étaient pas à dédaigner car tout le monde se dépêchait de goûter à ce festin par temps de peste.

Valdas se réveilla avant l'aube et, ébahi, nota que la femme qui dormait à ses côtés ressemblait… à Kathleen ! Le même petit sourire et un sourcil joliment arqué. En réalité, il cherchait ses traits, naguère si aimés, dans tous les visages… Habillé à la hâte, il laissa sur la table de nuit une liasse de billets, plus ou moins exotiques, imprimés par des gouverneurs de provinces, ces États qui se créaient et disparaissaient un mois plus tard.

Aux abords de la ville se faisait entendre un début de pilonnage d'artillerie.

III

La lettre de Léra rendait dérisoire le souci de survivre. L'armée, reprise en main par le général Wrangel, résista et les soldats se battirent vaillamment mais, à l'automne, leur retraite à travers la Crimée les accula à la mer. La presqu'île devint un piège.

Valdas rêvait d'une belle mort que Kathleen apprendrait, s'effondrant de honte, ses yeux « célestes » inondés de larmes. Il s'étonnait de voir que cette part d'enfantillages poétiques l'habitait encore, après des années passées à piétiner au milieu des corps éviscérés et des restes humains dévorés par les chiens.

Le tir qui l'atteignit n'avait rien de romantique – une giclée de mitraille qui le fit sautiller comme un pantin et le poussa dans une crevasse ouverte par un obus.

Il reprit connaissance sous une large tente qui abritait plus de morts que de blessés. Craignant de ne plus pouvoir remarcher, il bougea une jambe, puis l'autre. Intactes ! Le bras gauche répondit mais pas le droit, qu'une corde repliait contre sa poitrine. Il serra les doigts qui renvoyèrent une douleur vive à l'épaule. Un infirmier lui apporta à boire et murmura : « Lieutenant, il n'y a plus une goutte de morphine. Peut-être, ce soir… » Il tint sa promesse et Valdas sombra dans un silencieux paradis indolore.

À l'aube, c'est son sommeil qui le sauva. Les Rouges attaquèrent, massacrant tous les blessés de cet hôpital de fortune. Lui, plongé dans sa bienheureuse léthargie, fut pris pour un mort.

Les assaillants s'en allèrent et, se réveillant, Valdas perçut un calme insolite : aucun cri, pas d'explosions. Il se découvrit seul rescapé au milieu des corps sans vie et, dans l'indifférence de son épuisement, eut envie de se mêler à leur masse inerte. La soif le força à se traîner vers la table faite de caisses d'obus et sur laquelle il aperçut un seau. L'eau, saumâtre, sentait la mer, toute proche. Se recoucher à côté des cadavres lui parut non pas effrayant mais insultant pour toutes ces vies anéanties.

Dans un tas de vêtements abandonnés, il choisit un long manteau (celui d'un officier de cavalerie), coupa les insignes, sachant que l'anonymat lui éviterait d'être tué dès le premier regard jeté sur ces galons et chevrons.

En quittant la tente, il ramassa un grand étui vide, celui du pistolet Mauser qu'utilisaient les Rouges. La seule vue de ce gros triangle pouvait le protéger contre une agression. D'une efficacité également plutôt démonstrative fut le sabre qu'il enleva des mains d'un jeune Cosaque tué. La tête du cadavre bougea dans un mouvement qui rappela un salut d'adieu…

Valdas attacha l'arme à son ceinturon, se sentant incapable de la retirer de son fourreau et de frapper.

Son choix était clair : quitter ce lieu gorgé de sang, atteindre le littoral, se joindre aux unités que le commandement promettait d'évacuer par la mer.

Parfois, un danger surgissait : des maraudeurs en train de chaparder dans des maisons désertées. Valdas tapotait sur l'étui vide comme s'il allait sortir le pistolet ou, sans un mot, saisissait la poignée de son sabre. Les voleurs s'enfuyaient, croyant à l'arrivée d'un régiment.

Aux abords de la ville où, enfant, il passait ses vacances, il aperçut des combattants débraillés, des troupes commandées probablement par l'anarchiste Makhno, l'instable allié des bolcheviques. Valdas évita le centre-ville, se dirigea vers le quartier où se trouvait l'Alizé.

La rue était envahie de tatchankas, des calèches équipées d'une mitrailleuse – véhicules de combat qu'affectionnaient les Rouges. À l'entrée de la villa, il lut une inscription sur un carré de contreplaqué : « Comité d'épuration de classe de la région de Yalta ».

Le sérieux de la dénomination jurait avec ce qu'il observa par les fenêtres : une tablée de fêtards qui braillaient des toasts à la gloire de la révolution... L'un d'eux sortit, toisa Valdas – ce long manteau de cavalerie faisait penser à un officier blanc mais un sabre de Cosaque pouvait être plutôt porté par un Rouge.

« Tu viens d'où ? », bougonna-t-il, reculant d'un pas, comme pour rentrer et prévenir les autres.

« Je suis commissaire ! », répondit Valdas, étonné par la rugosité de sa voix, peu utilisée depuis plusieurs jours.

« De l'état-major, c'est ça ? », demanda l'ivrogne.

Valdas hocha la tête et s'en alla, ne se risquant plus à poursuivre ce jeu de dupes. Un « commissaire »... Ce titre avait pris une grande importance depuis la révolution.

Il contourna le quartier du port et, dans une ruelle, réussit à acheter une galette et du poisson séché. La marchande lui livra ses achats en cachette – les vivres devaient être réquisitionnés au profit de l'armée. Il n'osa pas demander le gîte. Le manteau qu'il portait et sa façon de parler mirent la femme en alerte.

Un souvenir s'éveilla en lui : une ancienne fumerie, au bord de la mer, une baraque vétuste, éloignée de la ville. Le crépuscule rendait son uniforme moins visible et même les gardes postés près du port ne firent rien pour l'interpeller. La douleur le faisait parfois gémir mais il connaissait le triste avantage des corps souffrants : leur peine libérait le cerveau de trop de pensées inutiles.

Le hangar de la fumerie apparut à travers le brouillard, Valdas entendit le crissement des écailles de poisson sous ses pieds. Rien n'avait changé, depuis…

En quelles unités d'existence mesurer l'éloignement des étés qu'il passait dans cette ville ? Un gouffre de jours, de routes, de morts et tout ce qu'il avait perdu à jamais durant ces années sacrifiées.

Du côté de la mer, la fumerie se trouvait protégée par une rangée d'éclats de roche. Quelqu'un les avait disposés pour briser le ressac. Valdas s'approcha avec précaution et, serrant la poignée du sabre, poussa la porte.

Des visages éclairés par les braises d'un foyer se tournèrent vers lui. Des yeux apeurés, des gestes de retrait chez ceux que la guerre avait habitués à fuir. Une dizaine d'hommes et de femmes, des regards suspendus au verdict de cet intrus armé. Il s'approcha du feu, s'accroupit et sa pose inoffensive déglaça les paroles.

« Quoi de neuf dans la ville ? », demanda une femme.

Valdas répondit d'une voix volontairement banale :

« Je viens d'arriver, je n'ai rien vu encore. Pas de fusillades ni de pendus, c'est déjà ça... »

Les gens échangèrent des coups d'œil défiants et c'est un vieil homme, habillé en moine, qui murmura :

« Les trois derniers jours, il n'y avait que cela, des fusillades. Les Rouges ont abattu tous les "éléments contre-révolutionnaires", comme ils disent. Des commerçants, des religieux, des policiers... »

Encouragés, les autres se mirent à raconter leurs misères. Valdas comprit que ce rassemblement de fugitifs n'avait rien d'organisé. Ils se cachaient là, puis chacun reprenait la route, espérant se fondre dans la foule d'une grande ville. Aucune solidarité n'existait parmi eux et quand Valdas leur proposa de partager son pain, il aperçut dans leurs yeux un éclat d'incompréhension.

La femme qui avait parlé la première soupira : « Qui sait ? Demain, nous aurons peut-être du poisson frais... »

Il n'eut pas le temps de lui demander qui, parmi eux, irait pêcher. Une voix fusa : « Et si quelqu'un veut s'en aller, qu'il le fasse cette nuit ! Sinon, les Rouges sauront où nous nous cachons. Toi, tu voulais partir, non ? »

Un homme, plus jeune que les autres, se leva et répondit sur un ton conciliant :

« Tu as raison, ils peuvent venir demain nous choper dans cette souricière. Il faut que je me décide. Allez, en route ! Et sans rancune. »

Il quitta la fumerie, visiblement conscient que les risques d'être tué en marche ou dans cette baraque étaient plus ou moins égaux. Le départ offrait la chance d'échapper à une menace trop certaine.

Sans sa blessure, Valdas l'aurait volontiers suivi.

La nuit, réveillé par la douleur, il pensa à ce rivage où un adolescent avait croisé une femme qui l'avait caché sous une cape de laine… Il avait vécu alors bien plus qu'un premier élan d'amour – l'intuition d'une vie fabuleusement autre. À l'écart de la cruelle comédie du monde.

Désormais, il n'avait que ce souvenir pour résister à l'indifférente logique de la mort.

La journée s'écoula dans la peur des Rouges qui traquaient les « contre-révolutionnaires » embusqués.

Au crépuscule, un frôlement se fit entendre – une barque tirée sur la berge. Valdas se leva, s'écartant du feu. Les autres ne bougèrent pas, à croire qu'ils étaient préparés à la visite.

La porte s'ouvrit et, dans l'éclat du feu, apparut une carrure forte, chargée d'un sac. Une capuche ne laissait pas voir le visage. Une voix rude déclara : « Voilà du poisson. Grillez-le cette nuit, sinon on verra la fumée… »

L'inconnu rajusta la capuche d'un geste… « féminin », pensa Valdas. Oui, c'était une femme et qui, se tournant pour repartir, aperçut ce soldat adossé au mur.

Elle ne sembla pas effrayée, plutôt embarrassée.

« Un officier ? », demanda-t-elle, sans s'attendre à la réponse : quel fou aurait avoué son identité tout près d'une ville où sévissaient les Rouges ?

Valdas haussa les épaules, l'air résigné, et quand la femme s'en alla, il la suivit, ne parvenant pas encore à admettre la réalité de ce qui venait d'arriver.

Elle marcha le long de la mer et, remarquant qu'il lui emboîtait le pas, s'arrêta, le fixa avec méfiance.

« Elle n'a pas changé ! », pensa Valdas, mais avant même ce constat, il comprit que c'est lui qui avait vieilli de plusieurs âges accélérés par la guerre.

« Vous voulez de l'eau ? Il y a une source là, derrière la falaise… », murmura-t-elle.

Il ne savait pas comment se nommer.

« Je voudrais juste vous parler, Taïa… »

Cette fois, la femme eut un léger sursaut, fronça les sourcils. Sa voix lâcha avec fermeté :

« Je ne vous connais pas… Je n'ai jamais rencontré d'officiers blancs… »

Dans son ton, il y avait une note de justification – tout le monde devait être prêt à subir un interrogatoire. Valdas parla avec douceur.

« Il y a sept ans, je n'étais ni blanc ni rouge. Une nuit, dans l'une de ces criques, je vous ai surprise en train de… Enfin, j'ai vu des contrebandiers poursuivis par les gendarmes. Et vous m'avez protégé… »

Elle rabattit sa capuche. Ses yeux cherchèrent à revoir un autre visage sous les traits endurcis de cet homme, grand et fourbu.

« Non, je ne me souviens pas… Il est arrivé tant de malheurs depuis. Plusieurs gars ont été tués, d'autres sont allés en prison… »

Elle ne voulait pas s'alourdir de ce passé. Le présent était déjà trop dur à supporter. Soudain, avec une curiosité touchante, elle demanda :

« Mais c'était vraiment… vous ? »

Valdas s'inclina, frôlant la tempe de la femme d'un rapide baiser.

« C'est ce que vous avez fait, Taïa, au moment où nous nous sommes quittés. Je ne l'ai jamais oublié… »

Elle ferma les yeux pendant quelques secondes, puis parla d'une voix où vibrait l'écho du souvenir qu'ils venaient de partager.

« Ces gens, dans la fumerie, auront peut-être la chance de s'en sortir. Pas vous. Des officiers, il y en a eu déjà plein qui ont été fusillés... Partez maintenant ! Vous êtes armé, vous allez pouvoir vous défendre... »

Valdas voulut lui dire qu'il était blessé mais se ravisa, ouvrit son manteau : une longue plaque de sang séché marquait sa vareuse sous son bras droit.

« La douleur, ce n'est rien, Taïa, ça passera. Mais pendant une semaine, je vais rester un peu manchot. Quant à mes armes, elles sont bonnes pour jouer sur scène, pas devant les baïonnettes des Rouges. »

Il tapota sur son étui vide puis, avec un sourire peiné, tenta de retirer son sabre dans un effort sans succès.

Le regard de Taïa s'éclaira d'un bref reflet de pitié.

« Une... semaine, soupira-t-elle. D'ici là, peut-être, le calme reviendra dans la ville. Ils ont déjà fait couler tant de sang. Ce n'est plus la mer Noire mais rouge... »

Ils se sentirent séparés des autres. Un crépuscule calme. Un silence approfondi par le bruissement de la mer. Et leur présence, infiniment étrangère à ce monde.

« Bon, venez… Nous trouverons une place. » Elle le dit et, sans regarder s'il la suivait ou non, longea la rive, dépassa les rochers qui bordaient la mer, puis se mit à monter sur un sentier entre deux falaises.

Dans l'obscurité, au sommet de la ligne de crête, Valdas distingua les ruines d'un phare. Ils s'arrêtèrent à la mi-montée pour le laisser souffler, et Taïa raconta qu'il n'y avait jamais eu de gardien dans cette construction exiguë – juste un escalier en colimaçon et une lanterne à pétrole. Le phare avait été bombardé par les Rouges, pour empêcher l'accostage des bateaux qui emmenaient des renforts aux Blancs et transportaient les blessés…

Ils reprirent leur ascension et, une minute plus tard, elle poussa une porte, entre deux rochers – un abri où le gardien passait, autrefois, les nuits de tempête.

Devant l'entrée, un vieux tonneau récupérait l'eau qui ruisselait sur les flancs de la falaise. L'intérieur de l'habitation ne comportait qu'un poêle en fer, une table, un lit et une étagère chargée de vaisselle et d'outils. Au fond du logis, le sol formait un renfoncement. Un peu confuse, Taïa expliqua :

« C'est là où je me lave... En été, on peut se baigner dans la mer. Mais avec ce froid... Je vais chauffer de d'eau. Vous verrez, cette crevasse dans la roche n'est pas large mais c'est utile pour prendre un bain. »

Elle alluma une bougie, remplit le poêle d'éclats de bois... Pendant qu'elle préparait le repas, Valdas se déshabilla, moins gêné par sa nudité que par la saleté de son corps. La coulée chaude contracta ses muscles, il poussa un geignement de plaisir et de douleur – enlevant de son bras des plaques de sang bruni et la crasse.

Ils dormirent côte à côte sur un lit en planches, deux corps qui reprirent, pensa-t-il, presque la même position que sept ans auparavant : unis devant un danger. Dehors, un filet d'eau glissait dans le tonneau, murmurant une mélodie sonore. Dans le sol, la faille ouverte vers l'extérieur se remplissait parfois du bruit des vagues et Valdas imaginait leur gîte suspendu au flanc d'une falaise, un nid avec son habitacle fragile.

La senteur des feuilles de tabac vint le matin et il ferma les yeux tant cet arôme lui rappela le passé. Taïa rangea un ballot dans une remise accolée à leur maison. Donc, ses trafics continuaient, elle le faisait pour survivre mais aussi pour nourrir les fuyards qui se cachaient dans l'ancienne fumerie. Et le nourrir, lui !

Il voulut lui offrir de l'aide, mais le « manchot » pouvait à peine bouger son bras.

En quelques mots, Taïa lui raconta la prise de la ville par les Rouges, les tueries et l'activité de contrebande devenue plus dangereuse que sous le tsar. Les bolcheviques fusillaient sur place tous les « spéculateurs » qui « sapaient l'ordre révolutionnaire ».

Après le repas, elle descendit dans la baie. Valdas la vit mettre à flot une barque, ramer, étendre un filet de pêche. Une heure plus tard, elle remonta les marches taillées dans la falaise (« ah, il faut avoir de bonnes jambes ! », dit-elle en imitant l'essoufflement) et repartit, cette fois en passant par le haut, sur le sentier qui contournait le phare détruit. Valdas reçut la consigne de ne pas se montrer et de prêter l'oreille au bruit d'un seau renversé. Posée dans l'escalier, cette vieille ferblanterie pouvait piéger un rôdeur qui serait venu du rivage.

Valdas attendit de longues heures, imaginant Taïa dans la ville, la tête recouverte d'un gros châle pour échapper au désir des hommes armés et souvent soûls.

Il eut envie de courir la retrouver, la défendre, ouvrir une brèche dans ce flot de haine où elle plongeait. Tournant son bras dans tous les sens, il lutta contre la douleur – non, ses gestes étaient encore trop gourds et les doigts trop faibles pour manier le sabre.

Quand, à la tombée du jour, résonna un double sifflement, leur signal convenu, la première image qui lui sauta aux yeux c'était cette écharpe claire que Taïa avait nouée autour de sa chevelure.

Avant le dîner, elle recouvrit la table d'une nappe brodée qu'elle avait obtenue, au marché, contre un rouleau de feuilles de tabac. Valdas se sentit à la fois touché et coupable : c'est son statut de « bourgeois » qui avait poussé la femme à cet effort d'embellissement.

Il tenta de lui dire que la villa Alizé n'avait rien de princier et que sa belle-mère pouvait donner un coup de main à la cuisinière et au jardinier. Taïa sembla surprise surtout par le nom :

« Alizé ? J'y suis venue plusieurs fois pour livrer du poisson. Quant au jardinier, c'était un sacré lascar ! Il m'achetait du tabac et après, il fallait attendre des semaines pour qu'il me règle... J'avais aussi travaillé chez un Grec, dans un... restaurant, sur la place du marché. Les Rouges y ont ouvert une cantine pour leurs soldats... »

Il se retint de lui avouer un secret : un soir, par la fenêtre de cette gargote, il avait vu une femme dédoublée : une serveuse portant un tablier sale et une autre – une Taïa qui regardait l'effacement du couchant dans l'embrasure de la porte…

Pendant leur repas, il remarqua qu'en parlant, elle s'imposait un langage qu'elle n'avait pas l'occasion de pratiquer. Oui, celui de la « bonne société ».

Il chercha à expliquer qu'il n'appartenait plus à sa caste de riches. Des années passées à piétiner au milieu des corps déchirés l'avaient fait l'égal de ses soldats…

Très vite, il comprit qu'elle tenait à la brillance de cette vie d'autrefois – l'élégante oisiveté des femmes, la souriante courtoisie des hommes. Un rêve naïf, pensa Valdas, mais pas si faux, car ces « riches » savaient se montrer généreux, surtout en paroles, à l'égard du peuple.

Le soir même, elle installa un rideau de batiste qui séparait leur « bain » du reste de l'habitation. Et le lendemain, sur la nappe, il vit des couverts en maillechort, certes dépareillés, mais qu'elle avait astiqués avec de l'argile ramassée dans les fissures des falaises.

Chaque soir, remontant à leur logis, Taïa racontait les nouvelles des fuyards cachés dans l'ancienne fumerie. Elle ne leur témoignait aucune compassion particulière, exprimant même du dépit : ils gênaient son commerce de contrebande. En outre, elle était obligée de pêcher davantage pour nourrir tout ce monde.

« Je ne peux pas les abandonner. Mais en fait, chacun d'eux, si on l'arrêtait, pourrait nous trahir. Oui, montrer aux Rouges où se trouve… notre maison. »

Ses paroles trébuchèrent sur ce « notre » qui renvoya un écho tendre et secret. Une sonorité plus parlante qu'un échange de confidences ou un geste d'intimité.

Deux jours plus tard, un orage arriva, rare en ce début d'hiver, un souffle chaud venu de la Turquie, des éclairs et des coups de tonnerre enroués.

Taïa fut saisie d'une panique qui la rendit haletante, fouettée de frissons. Valdas crut même que, par jeu, elle simulait les superstitions des contrebandiers.

Non, sa frayeur n'était pas feinte, son visage s'altérait, tiraillé de grimaces, ses dents claquetaient, répondant aux saccades de sa respiration. Recroquevillée dans leur lit, elle ne répondait pas à Valdas qui tenta de la rassurer, imitant avec ironie les détonations de la foudre. La serrant contre lui, il constata que ne pas voir les éclairs la calmait. Et dès qu'il s'écartait, Taïa se remettait à frissonner. C'est en essayant de retenir ces spasmes qu'il embrassa son front, ses tempes, puis ses lèvres qui, une fois effleurées, se détendaient, répondant à ce baiser, comme pour éviter de trembler.

Un souvenir insignifiant les marqua tous les deux : le tintamarre d'un seau qui, poussé par un coup de vent, roula sur les marches de la montée – le piège disposé dans l'escalier. Le bruit retentit, ils interrompirent leur étreinte, prêts à se lever, à se défendre, puis s'unirent de nouveau, comprenant que c'était une bourrasque qui avait fait dégringoler le seau. Ce retour à l'enlacement devint, allait-il se dire des années plus tard, le vrai début de leur amour.

Son bras blessé le faisait encore souffrir mais chaque nuit apportait un peu plus d'apaisement et aussi le sentiment de vivre ce qui n'était pas destiné à ce monde-là, ni à l'homme qu'il croyait être. Dans cette maison suspendue au milieu des rochers, ils retrouvaient l'écho de leur première rencontre. Par-dessus l'insondable abîme du temps.

Au bout d'une semaine, il put descendre sur le rivage, aider Taïa à porter les filets de pêche. Et deux jours plus tard, c'est lui qui se chargea des ballots de tabac. Les trafiquants évitaient d'accoster et transbordaient leur charge en mer.

Le lendemain, en rentrant de la ville, elle oublia de lancer le double sifflement, gravit vite l'escalier et se mit à raconter ce qu'elle avait vu dans les rues. Or, justement, il n'y avait pas grand-chose à voir : les troupes venaient de partir ! Les bandes anarchistes, alliées des Rouges, avaient rompu l'union et, désormais, les uns et les autres se pourchassaient, tout en se battant contre les Blancs. Les caprices stratégiques d'une guerre civile.

Ce renversement des alliances avait, provisoirement, rendu la paix à la ville, laissant apparaître, ici ou là, quelques passants apeurés.

Valdas y revint avec Taïa et ils marchèrent, comme à travers un théâtre déserté par les comédiens. Le vent faisait tournoyer des bouts d'affiches couvertes de slogans révolutionnaires.

Sans choisir leur destination, ils remontèrent la rue qui, de la mer, menait à l'Alizé...

Les vitres de la villa étaient cassées, des traces de balles ponctuaient la façade mais aussi les murs du salon. Valdas y entra seul, épargnant à Taïa ce qu'il ne tarda pas à voir : un homme allongé, la tête contre une commode, les cheveux couverts de sang.

La vue du cadavre ne l'impressionna pas, il en avait trop vu à la guerre. Seulement, il savait que dans cette commode, Léra, sa belle-mère, gardait les carnets où elle notait les idées de ses spectacles : un faux médecin examinant une jeune voyageuse, une fiancée nue cachée dans l'étui d'une contrebasse, les sautillantes intrigues empruntées à Tchékhov...

Ressortant dans la rue, il vit la pancarte « Comité d'épuration de classe » et aussi l'annonce d'un « conseil militaire », le 7 novembre.

« C'est dans deux semaines. On a le temps de souffler », plaisanta-t-il. Taïa sourit, gênée de le détromper :

« Non, le 7, c'est aujourd'hui... »

Valdas se tapota le front, poussant un petit rire.

« Je ne m'habituerai jamais à ce nouveau calendrier ! »

Il se souvenait vaguement d'une avancée de deux semaines qu'en 1918, les Rouges avaient imposée à la chronologie, passant du calendrier julien au calendrier grégorien, pour renouer avec « le temps dans lequel vivaient les pays civilisés », selon Lénine. Ce temps « civilisé », pensait Valdas, n'avait pas empêché tous ces beaux pays, fiers de leur culture, de s'entre-tuer pendant cinq interminables années...

Ils retraversèrent la ville, toujours aussi déserte, puis longèrent le bord de mer et arrivèrent à la fumerie où il ne restait plus personne : profitant de la retraite des Rouges, les réfugiés avaient quitté leur gîte.

Après quelques minutes de marche, Valdas ralentit le pas et, s'arrêtant près d'un rocher, demanda :

« Tu te rappelles ? C'est là où nous nous sommes vus la toute première fois... »

Leur vie s'abrita dans le temps de l'ancien calendrier, le nébuleux retard qu'avaient supprimé les hâtifs constructeurs de l'avenir radieux.

Ces jours « en retard » se réduisaient aux expédients de survie et à ce que ni l'un ni l'autre n'avaient jamais vécu – une tendresse où chaque geste semblait secrètement espéré. Le temps était rythmé par le souffle de la mer et les cicatrices qui se refermaient sur le bras de Valdas.

Les contrebandiers cessèrent leur trafic – les habitants n'avaient plus d'argent ou bien craignaient de voir revenir l'« ordre révolutionnaire ».

Les matins sans houle, Taïa mettait sa barque à l'eau, posait ses filets et quand, à travers la brume, sa silhouette réapparaissait, Valdas savait que chacune de ces minutes exprimait la totalité de leur amour.

Les nuits d'orage, il comprenait que cette femme, prise de panique, était tout ce qu'il devait défendre dans le sanglant chaos du monde. Serrer ses épaules, souffler doucement dans les boucles noires comme pour les réchauffer, effacer d'un baiser les grimaces des frissons.

Un jour, quand le tonnerre se mit à pousser ses grognements, elle avoua d'où venaient ses craintes.

Dans une tempête, son père pêcheur, tentant de sauver un filet, avait été entraîné dans les vagues. Pour survivre, la mère dut frayer avec les contrebandiers et, une nuit, glissant sur un rocher, se noya – « allant rejoindre son mari », soupiraient les voisins. C'est presque par pitié que les trafiquants engagèrent Taïa, toute jeune encore, dans leur commerce. Pendant qu'ils allaient chercher la marchandise, elle travaillait comme serveuse au Vulcain. L'homme qu'elle y connut, un matelot ballotté entre Yalta et Trabzon, « lâcha vite les amarres », disaient les mauvaises langues, se moquant de cette fille, ni vraiment mariée, ni tout à fait libre...

Autrefois, Valdas croyait que de telles histoires étaient inventées par des romanciers populaires pour faire pleurer dans les chaumières. Mais pendant la guerre, il avait croisé bien des âmes mutilées, ces « bas-fonds » qui se montraient souvent plus nobles et généreux que les invités de l'Alizé.

« Quand tout ce cauchemar finira, dit-il un jour à Taïa, nous partirons. Les militaires sont évacués vers la Turquie, je le sais. Tu voyageras avec moi ! »

Silencieusement, elle pleura, imaginant le départ vers une vie qu'elle avait toujours manquée.

Parfois, remontant vers le phare détruit, ils s'arrêtaient dans un champ de blé ravagé sous les obus et les sabots de la cavalerie. Taïa connaissait un endroit, au bout des sillons, où des épis malingres conservaient encore leurs grains. En rentrant, elle les broyait et préparait des galettes qui remplaçaient leur pain.

Un jour, ils revinrent faire leur « récolte » dans cette plaine qui contenait plus d'acier que de semences. Le temps était doux et, au loin, la mer découvrait son immensité argentée qui donnait le vertige. La tiédeur rappelait le printemps, le renouveau d'une vie. Ils auraient pu, pensaient-ils, ne jamais quitter ce champ des derniers épis. Ou, mieux encore, emporter son calme loin du nouveau calendrier, de ses mensonges et de sa brutalité.

Ébloui de soleil, Valdas murmura, une main sur l'épaule de Taïa : « Il faudrait bien calfater ta barque et partir ! En ramant à tour de rôle, nous pourrions longer la côte, jusqu'en Roumanie… Mon bras ne me fait presque plus mal. Alors, on essaye ? »

Elle sourit, consciente que le défi dépassait leurs forces. Quelques centaines de kilomètres, sur une mer qui ne resterait pas toujours étale.

Un regret que Valdas porterait en lui toute sa vie – il imaginerait une barque s'avançant sous la poussée fatiguée des rames, un soleil pâle réverbéré par la houle et, au loin, la ligne brumeuse de l'estuaire du Danube.

Pourtant, en pensant à cette chance évanouie, il se dirait que l'essentiel avait déjà été vécu dans cette claire journée d'automne. Une vision qui n'appartenait plus au monde des autres. À la frontière du champ, il voyait la silhouette de Taïa dans le voile bleuté de l'air marin. Elle marchait lentement vers lui, un bouquet d'épis à la main. Cet instant semblait durer dans un temps insoucieux de marquer les jours et les années.

Leur oubli du monde se mesura à la disparition de la vigilance : le seau troué que, depuis plusieurs jours, ils négligeaient de poser sur les marches de l'escalier.

Une nuit, bien avant l'aube, les voix qu'ils entendirent ne parurent pas menaçantes. C'est l'odeur du brûlé qui les fit bondir du lit. Habillés à la va-vite, ils coururent dehors : un feu s'élevait, sur la berge, au-dessus de leur barque incendiée. Le balayement d'une lampe-tempête les aveugla, ils allèrent s'enfermer dans leur abri.

Des crosses de fusil s'abattirent sur la porte et, dans la trouée entre les planches qui cédaient, se laissèrent voir la manche d'une veste en cuir et ce brassard rouge.

Un commissaire… Valdas retira son sabre, frappa. Les assaillants n'avaient pas prévu de résistance, ils reculèrent, des coups de feu partirent mais désordonnés, éraflant les murs du logis.

Sans chercher à tuer, Valdas cingla les bras qui pointaient leurs fusils. Un bruit vint aussi du haut de la montée – un autre groupe descendait du côté de l'ancien phare. Le ricochet d'un tir atteignit Valdas à la tempe, un autre lui incisa la joue. Il cria : « Ne sors pas, Taïa ! » À l'intérieur, elle avait un peu plus de chances de survivre.

Sous la menace de son sabre, les Rouges s'écartèrent, hésitant à fuir. Ceux qui remontaient de la berge rechargèrent leurs armes. Il les repoussa et, se retournant, vit un fusil qui le braquait. Cette fulgurante lenteur dans un combat rapproché lui était connue : une longue seconde avant la première douleur.

Soudain, dans l'obscurité, quelqu'un s'élança vers lui, le fit tomber, le protégeant contre le coup de feu. Plusieurs détonations résonnèrent d'un rocher à l'autre. Étendu sous le poids de ce corps qui lui évitait d'être tué, Valdas sentit les battements d'un cœur qui s'arrêtait de pulser… Toute sa vie, il se rappellerait cette cadence.

Assommé par des crosses de fusil, il ne sut jamais comment le corps de Taïa fut arraché au sien.

Le « commissaire », content de pouvoir interroger un Blanc, surtout un officier, lui accorda un sursis. Conduit à la ville, Valdas fut vite transformé en un amas de chairs suppliciées. Son lieu de détention se trouvait en face du Vulcain et, pendant les tortures, il entendait le bruit des cuillères dans la cantine des gardes rouges.

Le soir, alors qu'il se préparait à être fusillé, un tintamarre d'écuelles renversées éclata, suivi par des échanges de tirs. Il pensa à une bagarre – souvent, les factions des Rouges se défiaient ainsi. Mais cet affrontement-là fut réellement guerrier : l'un des derniers régiments de l'armée Blanche venait de lancer un assaut. Ses combattants, brisés et pauvrement armés, n'espéraient plus vaincre, cherchant uniquement à se frayer le passage vers un port pour quitter le piège de la Crimée.

Libérée, la ville rassembla une maigre flottille sur laquelle s'embarquèrent les militaires et les rares civils épargnés par les massacres.

Valdas se joignit à leur précaire exode.

IV

Pendant la traversée, il découvrit en lui un isolement qui sembla définitif. Ses compagnons de voyage maudissaient l'abandon de la terre natale, promettaient de reconquérir le pays, de chasser les « bandes rouges ».

Valdas n'y pensait pas, insensible à l'impétuosité de leur précoce nostalgie.

Seuls les jours vécus avec Taïa échappaient à ce théâtre humain.

Ses étapes d'exil suivirent le chemin commun aux millions de Russes : Constantinople, Gallipoli, Belgrade ou Berlin pour les uns, Paris ou New York, pour les autres.

L'envie de rompre cette course lui venait déjà sur le bateau, au milieu de la grosse mer de novembre. Enjamber le garde-fou, plonger, disparaître, étant sûr que personne ne remarquerait son absence.

La pauvreté des premiers mois, en Serbie puis en France, ne fit qu'exacerber le désir de mettre fin à la survie de cet émigré dans l'indifférence des grandes villes. À Paris, le nombre de ponts, le froid et la faim rendaient au suicide son attirance de douce panacée des vaincus.

C'est une pensée très claire qui le retenait. Certes, il n'était plus rien et le monde qui l'entourait ne dissimulait même pas son dédain envers ce paria loqueteux. Mais il n'avait pas le droit de se tuer car sa part la plus précieuse appartenait à Taïa. Dans leur ancien calendrier, elle l'attendrait tant qu'il aurait la force de vivre, avec le souvenir du champ des derniers épis.

Il imita ses compagnons d'exil qui, devenant chauffeurs de taxi, incarnaient l'une des figures symboliques de ce Paris russe.

Le métier, harassant et répétitif, avait l'avantage de lui offrir une présence effacée : il travaillait la nuit, ses clients sommeillaient, hébétés d'avoir trop bu, ou bien, au contraire, s'épanchaient devant ce chauffeur-confesseur qui savait si bien acquiescer à tout propos : « Mais, bien sûr, Madame, j'allais vous le dire ! », « Ah,

Monsieur, c'est comme ça, aujourd'hui, on n'y peut rien… »

Mois après mois, toute une galerie de tempéraments défila sur la banquette arrière : des rieurs, des taciturnes, des coléreux, des mélancoliques, des prétentieux, des riches radins et des pauvres généreux ou vice versa. Ce travail allait faire de lui un bon physiognomoniste, se disait-il en souriant. D'un seul coup d'œil, il évaluait quel aveu allait lui être confié et quelle réaction – bonasse ou revêche – il subirait à cause d'une rue en travaux.

Il voyait des couples qui s'embrassaient et d'autres qui échangeaient des demi-mots cassants – échos d'une dispute amorcée avant la course. Parfois, un homme aidait une femme à monter et s'en allait, lâchant un soupir d'adieu, et sa compagne pleurait tout au long du trajet. Une autre passagère, dans la même situation, se mettait à se maquiller et, à un carrefour, changeait de destination. Allait-elle voir un amant ? Ou bien voulait-elle prolonger sa fête ailleurs ? Et cet homme au visage blême, aux pupilles dilatées ? Un cocaïnomane ? Un décavé qui venait de perdre le reste de sa fortune ? Ou peut-être un aliéné qui, pour ne pas trahir sa démence, parlait une langue soigneusement rythmique et policée ?

Au bout d'un an, lui vint l'impression de lire un grand livre nocturne où les héros reprenaient les mêmes rôles et paroles. « Les mystères de Paris », pensait-il avec ironie. Des histoires banales ou extravagantes, les chagrins qu'on cherchait à partager, des larmes, des mines d'ennui, des souvenirs formés et déformés qu'il aidait à faire surgir chez les noctambules épuisés. Ces fuyants spectacles l'intriguaient de moins en moins.

Même l'attitude des femmes, un peu pompettes, qui essayaient quelquefois de le séduire, ne le surprenait plus. L'une d'elles, à chaque tournant, se tortillait en laissant remonter sa jupe et en poussant de brefs gémissements, moitié appels, moitié reproches. Une autre, passablement avinée elle aussi, se lança dans un récit improbable de sa lignée, oubliant ce qu'elle disait plus tôt, usurpant un titre supplémentaire, de vicomtesse devenant comtesse, puis duchesse et lui proposant de l'engager comme « chauffeur de maître »... Valdas l'écoutait, respectueusement crédule, touché par cette suite d'improvisations dont sa passagère, une femme vieillissante et sans doute esseulée, interprétait le baroque pot-pourri. À l'arrivée, en ouvrant la portière, il annonça avec une parfaite déférence : « Si Madame la duchesse veut bien descendre... »

Dans le regard de sa cliente, il capta de la gratitude – celle de la comédienne pour un spectateur bienveillant.

Un soir, une tout autre « comédienne », une Russe, prit place dans sa voiture. Une femme aux gestes résolus et qui, à peine le trajet entamé, lui fit comprendre qu'il n'avait pas intérêt à allonger le parcours. Valdas venait de se relever d'une méchante grippe et conduisait dans un état de faiblesse hypnotique, ses mains reposant sur le volant comme sur une bouée de sauvetage. Il répondait à travers un brouillard de lassitude et de faim – deux semaines sans travail avaient creusé un cratère dans ses maigres finances. Le ton autoritaire de la femme (« on dirait un sous-officier cosaque », pensa-t-il sans méchanceté) lui donna envie de se laisser guider vers une existence mieux balisée – comme l'itinéraire que sa passagère lui imposa.

Leur rencontre fut suivie rapidement d'un début de vie commune. Ce n'était pas dû aux origines de Zinaïda. D'autres compatriotes étaient déjà montées dans son taxi. La force de cette femme tenait à sa capacité de rendre inévitable tout ce qu'elle projetait de faire.

Peu de temps après la course « boulevard de Magenta – rue Lecourbe », ils s'installèrent dans un deux pièces de location, Zinaïda escomptant trouver tôt ou tard « un pavillon avec un jardinet, à Billancourt ».

Une autre raison pour laquelle il préféra ce changement fut moins facile à expliquer. On croisait alors un grand nombre de mutilés – l'écho de sa propre guerre. La capitale, redevenue dansante et chantante, se hâtait de balayer les fantômes de ces blessés.

La rencontre avec Zinaïda dissimula cette Europe qui festoyait sur un sol lesté de cadavres. Grâce à cette femme, il découvrit la possibilité d'un quotidien où l'on pouvait s'amuser des cabrioles d'un chat qu'elle brossait chaque soir. Valdas espérait oublier le passé et les morts, ne pensant qu'à son travail de taxi et aux horaires de Zinaïda qui travaillait dans une boutique de prêt-à-porter. Lire les journaux, parfois aller au cinéma, rejoindre la vie des autres, leur présent, leur « nouveau calendrier ».

Les événements lui donnèrent raison. En 1924, on apprit la mort de Lénine – une époque se refermait, celle de la révolution, de la guerre civile, de l'ancienne Russie. Et, comme pour bien marquer la nouvelle chronologie, la France reconnaissait l'Union soviétique.

Le pays où il était né et pour lequel il s'était âprement battu n'existait plus. Zinaïda allait donc l'aider à s'éloigner de ces ombres inutiles.

Contrairement aux émigrés russes, elle ne se montrait pas trop affectée par l'effacement de l'ancienne patrie. L'esprit pratique la poussait à être plus « ouverte à l'égard des soviets ».

« Enlève tes œillères, Valdas, enjoignait-elle. Bientôt, il va y avoir plein d'opportunités à saisir ! »

Tout ce qu'il pouvait opposer à cette « ouverture d'esprit » avait l'air sentimentalement démodé et ressemblait aux vieilles photos que les Russes accrochaient dans leurs petits appartements. Un jour, il tenta de lui raconter son enfance, la vie de Saint-Pétersbourg, les baignades en Crimée… Dans les réponses de Zinaïda, se fit entendre une logique novatrice, assez convaincante, devait-il avouer. En URSS, disait-elle, les maisons de vacances n'étaient plus réservées aux riches. C'était plutôt exact.

Un an plus tard, ils finirent par se séparer – sans scènes de ménage, sans fracas. Incapable de saisir

« les nouvelles opportunités », Valdas s'en alla et, avant de trouver où loger, passa plusieurs nuits sur la banquette arrière de son taxi – une situation pénible mais vraie : la réduction de « sa » Russie à cette petite surface usée, dans une voiture garée à la périphérie de la ville.

La femme qu'il rencontra, un mois plus tard, se révéla le contraire de Zinaïda. Cette passagère, russe elle aussi, s'appelait Sophia et vouait un culte exalté à l'armée Blanche et à la vieille Russie.

Selon ses proches, elle et Valdas avaient « tout pour s'entendre ». Il découvrit une patrie reconstruite par la dévotion, un charmant mirage en plein Paris, une topographie familière : églises, magasins, restaurants russes, longues causeries, le soir, autour d'un thé.

Sans trop d'efforts, il se plia aux rites de la communauté, écouta les anciens militaires : les batailles qu'ils auraient pu gagner, les plans de l'imminente reconquête…

Sophia portait des vêtements de deuil et en Valdas elle aimait surtout son passé d'officier blanc. Il n'osait pas avouer que sa jeunesse à lui n'avait rien à voir avec cette Russie confite dans la foi tatillonne et l'héroïsme sacrificiel. Il se souvenait des petites comédies que mettait en scène sa belle-mère Léra et qui se poursuivaient dans la vie, mélange de gaudriole, d'insouciance balnéaire, de fantaisies révolutionnaires.

Avait-il fallu aux Russes traverser l'enfer de la guerre civile pour fantasmer un paradis peuplé de saintes éplorées et de soldats-paladins ?

Valdas crut trouver la réponse dans les livres. Sophia avait toute une bibliothèque de romans contemporains, le moyen pour elle de modérer son ardente piété rétrospective.

Souvent, il lui empruntait un volume et les attentes, entre deux clients, se remplissaient alors d'aventures picaresques ou de vibratos passionnels… La course accomplie, il se remettait à lire en éprouvant un tiraillement de doute. Le trop-plein d'intrigues et de fioritures psychologiques révélait dans cette prose un étrange vide qu'il ne savait pas définir.

Venait alors le souvenir de quelques semaines passées au bord de la mer Noire, au moment où l'ancien calendrier venait d'être aboli et le nouveau n'avait pas encore affirmé sa cadence. La vie avec Taïa…

Il se traitait de naïf : pourquoi un romancier aurait-il choisi d'écrire sur un jeune officier éclopé errant le long d'un rivage désert ? Non, les livres exploraient de vastes sujets sociaux, des états d'âme alambiqués. Une capricieuse Amber ou un mystérieux Ulrich se débattaient dans un tumulte de passions ingénieusement embrouillées, étalaient leurs penchants dépressifs et, en pleine crise de nerfs, invoquaient même une mystérieuse « psychanalyse ».

Un jour, Valdas devina enfin ce qui lui manquait dans ces gros volumes verbeux : un simple lieu, bien plus modeste que les décors fastueux de ces romans. Une plaine abîmée par la guerre et dont le soleil d'automne faisait apparaître la beauté originelle, ce champ où Taïa ramassait les derniers épis et à travers lequel elle venait vers lui.

Ses rapports avec Sophia changèrent. Elle remarqua qu'il ne croyait pas à la sainte Russie recréée à Paris, à ces plaintives réminiscences qui rassemblaient les émigrants dans une atmosphère de douces funérailles.

À quelqu'un d'autre, elle aurait reproché un manque de sensibilité et d'élans nostalgiques. Mais lui, jeune ancien combattant de l'armée Blanche, n'avait pas de leçons à recevoir.

Le métier de taxi facilita, encore une fois, la séparation, la « prise de distance », c'était bien le mot, tout y était mesuré en distances parcourues.

Ses passagers nocturnes récitaient, comme avant, leurs monologues essoufflés auxquels Valdas prêtait une oreille distraite, connaissant par cœur leur ronde : prix en hausse, impéritie des gouvernants, dépits amoureux, félonie d'une maîtresse qui, hélas, comme toutes les femmes…

Dans l'imagerie des nuits ambulantes où plus rien ne l'étonnait, surgissait parfois une silhouette qui parvenait encore à le toucher. Cet invalide sortant d'une maison close, rue Blanche : il avait un rictus édenté sous les balafres qui retroussaient sa lèvre. « L'homme qui rit... », pensa Valdas, chassant ce rappel littéraire de son enfance. Non, ce « poilu » balafré était bien plus à plaindre : son bras gauche était coupé au coude et deux doigts manquaient à sa main droite.

« Un de mes frères d'armes... », pensa Valdas avec émotion. Une heure après, dans cette même rue, une prostituée monta dans son taxi. C'est elle peut-être qui venait d'offrir au soldat mutilé une étincelle de douceur. Une atroce et risible simplicité qu'un écrivain aurait dédaignée : un corps et un visage abîmés, l'insupportable solitude, un peu d'argent pour s'offrir une brève chaleur humaine. Trop simple pour une loquace machinerie d'émois psychologiques.

De temps à autre, son métier routinier subissait les effets de l'actualité. Au printemps 32, en détectant son accent russe, un client l'injuria et ne voulut pas prendre place. Les passagers nocturnes, souvent éméchés, avaient habitué Valdas à leurs sautes d'humeur...

Le matin, en terminant son service, il apprit la nouvelle : un certain Pavel Gorgoulov (un émigré qu'il avait croisé, un soir, chez Sophia) venait de tuer le président Paul Doumer. L'assassin, visiblement dérangé, prétendait avoir été guidé par une énigmatique « troïka verte »... Il allait être guillotiné.

Ce qui surtout fit de la peine à Valdas, c'est de savoir que Doumer, un vieil homme respectable, avait perdu quatre de ses cinq fils ! Non, la littérature n'était pas faite pour aborder, sans emphase, un chagrin pareil : un vieillard dont la guerre emportait les enfants l'un après l'autre.

Les semaines qui suivirent ne furent pas faciles à vivre : on voyait dans chaque Russe un Gorgoulov potentiel. Mais Valdas savait que cette actualité-là allait être remplacée rapidement par une autre : grèves, remaniements ministériels et bientôt, des combats de rue – le sang dont il dut contourner, en conduisant, les flaques sur le macadam. Des ligues, des manifestations, le Front populaire. Ensuite, des guerres en Asie, en Afrique, en Espagne... On oublia vite que tous les Russes méritaient la guillotine.

Une nuit, sa cliente, se disant accompagnée, lui montra le volumineux étui de son violoncelle.

Originaire de Riga, Iana ne ressemblait pas aux émigrés qu'il avait connus jusqu'ici : elle était rieuse, coquette, d'une légèreté qui aurait mieux convenu à une danseuse qu'à une musicienne jouant du répertoire classique. Une nouvelle génération, libérée de la pesante mélancolie qu'affectaient les exilés plus âgés.

Très vite, elle provoqua une camaraderie vaguement amoureuse et leur relation allait durer presque un an, rappelant à Valdas une pièce jouée dans la villa Alizé. Oui, une fiancée cachée dans l'étui d'une contrebasse... Et quand Iana lui parla de son prochain départ pour les États-Unis, il ne comprit même pas si elle voulait fuir la banalité de leur liaison ou bien craignait le « vent mauvais venu d'Allemagne », comme elle disait.

En cadeau d'adieu, elle lui laissa un peu de son insouciance et ce reproche amical : « Tu gâches vraiment ta vie avec ce boulot ! Quand même, tu sais faire autre chose que de ramasser tous ces fêtards qui puent l'alcool… »

En apprenant qu'il maîtrisait le dessin technique, elle s'exclama : « Mais j'ai un oncle qui a son cabinet d'architecte ! Il m'a dit qu'il cherchait quelqu'un pour lui faire des plans… »

Valdas alla voir cet oncle et, après une « période probatoire », fut recruté. À ce moment-là, Iana devait déjà jouer dans un orchestre, à New York ou à Boston.

Son nouveau métier lui permit de quitter Montrouge et de s'installer dans un « immeuble bourgeois », près de la gare Saint-Lazare. La facilité avec laquelle son amie venait de lui offrir ce nouveau départ trouva un écho tout aussi inattendu, un effet de prestidigitateur.

Dans le cabinet de l'oncle, s'accumulaient des piles de revues spécialisées : concepts d'architecture, photos de bâtiments aux profils innovants… Un soir, resté au bureau pour terminer son dessin, Valdas se prépara un café et feuilleta ces albums illustrés. L'un d'eux présentait des villas, en détaillant leurs styles : constructiviste, mauresque (Valdas se souvint de l'Alizé), néoclassique et même cette « folie » conçue par un Italien – tout en fanfreluches rococo. Les photos montraient, çà et là, les « heureux propriétaires » fiers d'exposer l'élégance de leurs choix esthétiques.

Il s'apprêtait déjà à revenir à sa table à dessin quand un cliché attira son regard. Une belle villa de deux étages, au format savamment éclectique. La légende expliquait que l'architecte avait réuni « des éléments de cottage anglais et la richesse du style romantique scandinave ».

La famille qui y logeait s'était laissé photographier autour d'une grande table de jardin – les parents, une fille aînée et deux filles cadettes, apparemment jumelles.

La reconnaissance fut immédiate ou, plutôt, une méconnaissance. La jeune fille (dix-sept ou dix-huit ans) n'était autre que Kathleen ! La fiancée éphémère de Valdas…

Une seconde après, il constata son erreur et put identifier la vraie Kathleen – cette mère, assise au centre, une femme replète, aux traits épaissis, et qui serait passée inaperçue s'il n'y avait pas eu, à côté d'elle, sa fille : le reflet de celle que Valdas avait fréquentée avant la révolution.

Il prit une loupe et, avec une vague sensation de culpabilité, inspecta le visage arrondi de Kathleen, ses yeux, ses mains posées sur la table. Une femme que, jadis, il aimait et à qui il consacrait des poèmes enfiévrés…

Ils avaient donc vécu sur deux planètes différentes ! Pour elle, ce beau jardin à l'anglaise, dans les environs de Stockholm, la naissance des enfants, l'accroissement de la fortune familiale, les fêtes qui rassemblaient des proches et des amis. Pour lui, la guerre, l'anonymat gris de l'exil, presque vingt ans passés à se débattre dans la misère…

Il secoua la tête, chassant la comparaison où perçait du ressentiment, propre aux perdants. Non, le plus extraordinaire était de découvrir que… Oui, que Kathleen avait vieilli ! C'était pourtant évident. Entre 1917 et ce janvier 1939 (la revue venait de sortir) n'importe qui aurait eu le temps de changer. En faisant des enfants, en aidant son mari dans son travail de marchand d'art et, justement, en vieillissant.

Valdas avait une impression étrange d'avoir été peu marqué par les deux décennies, malgré ses blessures et ses années de « galère ». Comme si, au lieu de suivre le décompte du temps, il s'était égaré dans une journée ensoleillée d'octobre 1920, « entre deux calendriers » – en compagnie de Taïa, une présence qui n'avait pas du tout été affectée par l'âge !

Cela était facile à démentir : telle qu'il la revoyait, Taïa était depuis longtemps morte et n'existait pour personne. Pour personne ! Pourtant, sans ces jours d'automne et le champ des derniers épis, le monde aurait perdu tout son sens.

Immobile, il passa de longues heures, face à sa table à dessin. La mystérieuse pérennité de ce qu'il avait vécu avec Taïa faisait de lui un éternel étranger aux yeux des autres. Et les femmes qui l'approchaient avaient raison de s'éloigner et de rompre. Il ressemblait à un navire échoué dont on ne voyait que les mâts se dresser au-dessus des vagues. Maigre promesse de navigation à deux.

V

Sa vie « immergée » l'aida à affronter la nouvelle guerre.

À la fin de 1940, l'Ordre des architectes fut créé et, pour continuer à exercer, l'oncle de Iana dut attester ses origines racialement irréprochables. Dans un élan de dignité désuet, il refusa l'humiliation et, deux mois plus tard, fut déporté.

Son cabinet se trouvait, de toute façon, menacé – le style dominant privilégiait la destruction. Certains collègues de Valdas partirent pour la zone libre, espérant que Vichy assurerait la survie du métier. D'autres furent engagés à construire le mur de l'Atlantique.

Lui reprit son ancien métier. Bientôt, la pénurie de carburant fit circuler des « vélos-taxis » et les courses menant sur les « buttes », Montmartre ou Ménilmontant, devinrent de véritables corvées d'escalade.

L'Occupation accentuait le côté communicatif de la profession : les clients assis dans sa remorque avaient envie de se confier. Couvre-feu, prix, restrictions, retour des prisonniers, les Allemands plutôt polis et généreux avec les commerçants... Et le maréchal ! Gloire de la nation, bouclier, pauvre vieillard, fin négociateur, un lamentable pis-aller, mais qui d'autre à sa place ?

Valdas ne pratiquait pas les tarifs exorbitants que permettait l'insuffisance de l'offre et c'est ainsi qu'il croisa plusieurs Russes. Après l'offensive allemande en URSS, leur unité éclata : certains voulurent suivre les troupes et renverser Staline, d'autres décidèrent de combattre Hitler. La grande majorité ne chercha qu'à s'alimenter et à survivre dans ce nouveau pays.

Il pensait qu'on ne le reprendrait plus à ce jeu où les peuples se massacraient au profit des politiciens va-t'en-guerre et des financiers transmutant le sang en or. C'est la faiblesse de la mémoire humaine qui l'étonnait : vingt ans auparavant, on avait déjà entendu les mêmes appels aux sacrifices et observé la même sauvagerie.

Un soir, une demi-heure avant le couvre-feu, il reconnut le client qui s'approchait. C'était Julien Soupeau, un ancien collègue du cabinet d'architecte et même « le bras droit du chef » comme il aimait à se présenter. Quelques quolibets sur les « rickshaws parisiens » désamorcèrent la gêne. Soupeau, plus jeune que Valdas, lui proposa même, en riant, de pédaler à sa place. Mais, blague à part, la locomotion fut dure, en danseuse, dans la rue des Martyrs – une nouvelle salve de plaisanteries !

C'est durant cette âpre montée que Valdas apprit ce qui était arrivé à la nièce de leur patron, Iana, sa fugace amie.

En attendant son visa pour les États-Unis, elle avait séjourné à Amsterdam, chez des proches. Et c'est là où elle avait été arrêtée…

« Au fond, ces juifs que les Allemands emmènent à l'Est ne doivent pas être trop mal traités, déclara Soupeau, bien calé contre le coussin de la remorque. Ce qui est important pour une musicienne, c'est de partir en tournée, que ce soit chez les Boches ou ailleurs… »

Le souffle éreinté, Valdas évita de répondre. Il ne savait pas grand-chose sur ces « tournées ». Peut-être Soupeau avait-il raison. Cela laissait imaginer une Iana, espiègle et souriante, maniant prestement son archet.

En décembre 1942, dans le dédale de la Butte aux Cailles, un client se précipita vers lui mais ne monta pas.

« Pourriez-vous garder cela ? »

L'homme lui tendit un sac plat, serré d'une corde. Valdas dévisagea cet étrange passant : une barbe grise bien taillée, un regard franc, honnête.

« C'est quoi ? Le marché noir ?

— Non… Des documents. S'il vous plaît, cachez-les ! »

Ils entendirent un sifflet et des « *Halt !* » criés en allemand. Valdas fourra le sac sous le siège du passager, dans la remorque, saisit le guidon et pressa les pédales.

« Demain, neuf heures, place Maubert ! » eut le temps de chuchoter le vieil homme. Le vélo-taxi dévalait déjà la pente en direction des boulevards. Arrivé au tournant, Valdas freina et vit l'inconnu repoussé vers un mur et fouillé par deux policiers accompagnés d'un Allemand.

Le lendemain, il se gara à l'angle de la place Maubert, conscient que le rendez-vous pouvait être un piège. Des rumeurs se colportaient, parlant de guet-apens, de provocateurs. C'est pour cette raison qu'il n'avait pas inspecté le contenu du sac, se disant qu'en cas d'interpellation, son innocence serait facile à plaider : un client avait oublié ses affaires, le conducteur n'y était pour rien. « Non, je ne vais pas jouer les héros », pensa-t-il.

L'homme l'attendait déjà. Valdas roula lentement, s'assurant que personne n'était embusqué en veilleur. Avec un naturel un peu exagéré, l'inconnu demanda : « Serait-il possible d'aller à la Madeleine ? »

L'idée de reprendre contact (et le sac) durant une course offrait une clandestinité parfaite car exposée devant tout le monde. L'inconnu se confia avec la certitude, un peu déraisonnable, de ne pas être trahi.

Ce que Valdas apprit n'était qu'un canevas de vie : Jean Holtzer, un pasteur protestant, d'origine alsacienne, engagé dans ce qu'il n'appelait pas « Résistance » mais « notre soutien » – la fabrication de faux papiers pour des personnes menacées. Très éloigné de ce combat, Valdas en suivait les échos par la presse : arrestation de « terroristes », rafles, exécutions. Voir un religieux prendre part à cette lutte lui donna l'impression de parler à un naïf qui espérait dévier, à mains nues, une colonne de blindés. C'est la compassion pour cette faiblesse qui le rapprocha de son étonnant passager.

Holtzer se montrait indifférent aux grands débats politiques et son raisonnement était simple : il y avait ceux qui risquaient d'être assassinés et leur salut tenait à un bout de carton administratif, à un simple tampon. Donc, il fallait fabriquer ces sésames, en devançant le départ du prochain convoi de déportés.

La seule mesure, pour ce croyant, était la présence de Dieu dont l'œil se posait sur celui qui sauvait son prochain ou refusait de le faire. Valdas aidait Holtzer, suivant la même logique, sauf que, pour lui, il n'y avait pas Dieu – juste la silhouette un peu voûtée de cet homme, un crédule face à un mur d'acier.

Parfois, il avait la chance d'assurer le déplacement d'un militaire : une course rentable, les Allemands payaient sans marchander. Imitant un chauffeur simplet et serviable, Valdas roulait en sachant que sous le siège de son passager, dans la remorque, se trouvait un paquet transmis par Holtzer – quelques laissez-passer falsifiés qui allaient épargner autant de vies. Le gros derrière d'un caporal protégeait le colis mieux que ne l'aurait fait un coffre-fort.

D'autres clients, ceux-là bien français, avaient du mal à cacher leur embonpoint assuré par le marché noir. Ils répandaient un relent carné et vineux qui flottait rarement dans les rues. Une telle clientèle présentait un risque certain mais le cycliste se voyait rétribué encore mieux que par l'occupant. Et l'argent était le nerf de la guerre clandestine. Véhiculer un opulent malfrat suffisait à régler les services d'un imprimeur qui livrait les faux papiers ou d'un fonctionnaire qui fermait les yeux.

Après ces courses périlleuses, Valdas avait besoin de laisser s'apaiser sa tension. S'il roulait sur les boulevards du dix-neuvième, il venait dans l'impasse Verton qu'il connaissait bien, ayant dessiné les plans d'une maison à bâtir à cet endroit. Au début de la guerre, le commanditaire avait abandonné le projet et l'entrée du chantier restait bouchée par un panneau de contreplaqué.

Valdas y arrivait, garait son vélo-taxi et laissait sa respiration retrouver le bon rythme. À ces moments-là, il comprenait que sa vraie peur était de trahir Holtzer. Par manque de vigilance, par relâchement ou, pis, en cédant à la torture. Cette crainte hantait tous ses camarades.

On vint l'arrêter la nuit à la fin du mois de mai 1944. La perquisition ne donna rien, il prenait soin d'effacer tous les indices. S'agissait-il d'une délation ? Il le crut, se retrouvant dans les locaux de la Gestapo.

D'après Holtzer, peu de gens torturés parvenaient à se taire. Valdas était conscient de ne pas être un homme de fer et il ne savait pas de quels renseignements disposaient les Allemands.

Dès le premier interrogatoire, il décida de présenter la version qui devait paraître crédible : oui, il lui arrivait de transporter des colis mais il ignorait l'identité des personnes qui le payaient pour ce travail. En fait, il n'était qu'un coursier désireux de se procurer du numéraire. « Du beurre dans les épinards », ajouta-t-il pour donner un coloris plus français à ses aveux de Russe.

On l'enferma dans une cellule et, durant plusieurs heures, il entendit des hurlements venant d'une pièce voisine : l'exemple censé rendre les prisonniers plus volubiles. L'idée que la douleur puisse lui arracher le nom de Holtzer dépassait de loin la peur de mourir.

Toute la nuit, il tâtonna entre mille suppositions d'esquive et, pourtant, le matin, devant ses inquisiteurs, il se sentit encore moins sûr de son alibi.

Soudain, l'une des questions lui indiqua une faille.

« C'est quand votre prochain rendez-vous avec l'agent qui vous transmettra des documents ? »

Frappé d'une intuition, Valdas répondit :

« Aujourd'hui. À midi pile… »

L'information était fantaisiste, il n'avait plus aucune notion d'heure.

L'Allemand consulta sa montre, sursauta et s'écria, laissant l'interprète répéter son exclamation :

« C'est dans vingt minutes ! Et cela se passe où ? »

Tel un joueur qui n'avait plus rien à perdre, Valdas le renseigna : dix-neuvième arrondissement, au fond de l'impasse Verton. Il devait, précisa-t-il, venir seul, la présence d'un policier pouvait compromettre l'entrevue.

S'il avait donné une heure plus reculée, les Allemands auraient pu inspecter les lieux et découvrir le détail que Valdas n'avait pas évoqué. Or, ils n'eurent que le temps de le remettre sur son vélo-taxi et de lui ordonner de foncer à l'adresse signalée.

Jamais encore, il n'avait pédalé aussi vite. Deux motards, à une vingtaine de mètres devant lui, ouvraient la voie. Un side-car le suivait pour prévenir l'évasion... Cette escorte freina à l'entrée de l'impasse, laissant Valdas y rouler tout seul.

Il progressa jusqu'au mur du fond, se gara, prenant soin de barrer la voie de toute la longueur du vélo et de sa remorque. Puis, s'approchant de la cloison en contreplaqué, il attendit une seconde et, d'un coup d'épaule, enfonça ce panneau vermoulu et se précipita sur le chantier envahi de mauvaises herbes.

En quelques enjambées, il déboucha dans une petite cour, poussa une porte, traversa en courant un couloir, ressortit dans la rue parallèle. Grâce aux dessins qu'il avait faits pour son architecte, il connaissait tous les recoins de ce pâté d'immeubles.

Il marcha en choisissant des venelles coudées, les allées des squares où une moto n'aurait pu pénétrer.

Contournant le parc des Buttes-Chaumont, il commença à remonter la rue de Crimée mais c'est plus tard que ce nom éveillerait un écho dans sa mémoire. Pour le moment, la seule question était de savoir si la « planque » que Holtzer lui avait indiquée était toujours sans danger.

Derrière la petite église Saint-Serge, du côté de la rue Meynadier, il trouva une porte basse en bois, tira sur une corde, entendit un bref tintement.

Holtzer l'avait averti que le gardien qui lui ouvrirait pouvait le surprendre par sa mine peu avenante. Même prévenu, Valdas recula d'un pas : l'homme qui lui faisait face était un infirme écrasé par son dos déformé et fixant sur le visiteur son seul œil, l'autre étant caché sous les paupières cousues.

Abasourdi, Valdas le salua, se souvenant de son nom : M. Rohr, sans doute un Alsacien, comme Holtzer. Le gardien se taisait. Pensant qu'il n'avait pas entendu, Valdas répéta son bonjour, et lui demanda de l'accueillir. Et c'est alors qu'il se souvint du mot de passe !

« Je viens pour balayer les feuilles mortes… »

Rohr le dévisagea avec une ombre de sourire.

« Lesquelles voulez-vous balayer ? Érable ou frêne ? »

Craignant une erreur, Valdas murmura : « Frêne… »

L'homme acquiesça et le conduisit vers une remise dissimulée derrière les buissons.

Chaque soir, le gardien lui apportait à manger et, la nuit, Valdas pouvait quitter son abri, se laver au jet d'eau avec lequel Rohr arrosait les fleurs. Dans la journée, il fallait se cacher : les fidèles n'éprouvaient pas tous de la sympathie vis-à-vis des résistants.

Rohr lui raconta qu'avant la guerre de 14, le lieu appartenait aux luthériens allemands, chassés dès le début du conflit. Après 1917, avec l'arrivée des Russes, le temple avait été réaménagé et son austérité – remplacée par un décor byzantin et une profusion d'icônes.

Bien avant cette métamorphose, on avait trouvé devant le portail un bébé abandonné, affreusement contrefait. Sa mère, jeune prostituée originaire de Freiburg, disait-on, était venue ici une ou deux fois et les gens avaient remarqué sa grossesse.

Une vieille paroissienne s'était chargée de l'enfant qui, à la mort de cette mère adoptive, était resté à l'église – employé comme homme à tout faire. Après la guerre de 14-18, les Russes allaient hériter de cet étrange petit bonhomme, un esprit des lieux plus qu'un simple portier.

Jamais Valdas n'avait connu autant de longues heures pour sonder sa mémoire. En journée, il sommeillait derrière un tas d'outils de jardinage et de sacs de feuilles mortes – le compost qui, par son odeur, aurait trompé le flair d'un chien si les Allemands avaient décidé de rechercher le fugitif.

La nuit, il se levait, se débarbouillait, mangeait, faisait un tour discret du jardin. Puis, assis sur un banc, il regardait le ciel, humait les grappes de jasmin, écoutait les bruits qui remontaient de la rue de Crimée…

Eh oui, la Crimée ! Il pensait à cette boucle extravagante qui venait de tout relier dans sa vie. La villa Alizé, la mer, les baigneuses dont il rimaillait la beauté dans ses poèmes. Et, soudain, cette chute. Ou cet envol ? Dans l'obscurité, au milieu des falaises, une femme l'enlaça, déployant au-dessus d'eux une cape de laine.

Puis, à Saint-Pétersbourg, ce coup de foudre juvénile pour la douce Kathleen… Le rêve d'un voyage nuptial, en Grèce, en Italie. Et le dégrisement – les guerres, les révolutions, sa familiarité avec la mort, si proche et parfois désirable.

Enfin, les retrouvailles avec la femme qui l'avait jadis serré dans ses bras. Taïa… Leur temps faisant une escale, entre deux calendriers. À l'orée d'une fugace éternité…

Durant ces veillées nocturnes, il crut comprendre le sens de ce qui lui avait été donné à vivre depuis son départ de Russie : sa misère, son travail de chauffeur-confident, un semblant de vie familiale qu'il espérait construire… Et, plus tard, cette nouvelle guerre, telle une triste moquerie adressée à celui qui pensait enfin avoir acquis son petit confort bourgeois.

Tout devenait clair : il n'avait été véritablement vivant que pendant ces quelques jours lumineux de l'automne 1920. Dans le « champ des derniers épis ».

Les échos de la messe parvenaient jusqu'à son refuge, il reconnaissait les paroles psalmodiées en slavon, imaginait les dorures des icônes. Pourquoi Dieu autorisait-il ce déchaînement de tueries qui secouait le monde ? Pourquoi punissait-il un enfant, si monstrueusement difforme, comme ce pauvre Rohr ? Une nuit, Valdas avait surpris le gardien sur le perron de l'église, le visage levé vers le ciel constellé, les lèvres chuchotant une lente complainte en allemand...

Les échos de la liturgie se noyaient dans le bruit d'un blindé qui remontait la rue, puis les incantations reprenaient et Valdas, dans une contre-prière muette, avouait qu'il aurait donné les années restantes de sa vie pour faire revivre Taïa, même sans jamais la revoir. Et aussi pour que Rohr, retrouvant un corps intact, puisse connaître les simples joies humaines.

Il se secoua, étonné de ne pas avoir pu retenir les larmes devant la naïveté de son vœu.

Cette année, il allait avoir quarante-cinq ans et le temps dont il disposerait semblait de peu d'importance à côté de ces êtres qu'il rêvait de sauver.

La réponse à sa « contre-prière » lui parvint à la fin du mois d'août.

Pendant plusieurs jours, il captait les conversations des fidèles et, le soir, les brefs récits que lui faisait Rohr : une insurrection venait d'éclater à Paris, les combats précipitaient la fuite de l'occupant. Valdas se demandait à quel moment il pourrait quitter son refuge, retrouver Holtzer et ses camarades.

Un matin, il entendit des coups de feu, le bruit d'un camion et, soudain, des cris en français et en russe, puis le tambourinement contre le portail. Pensant à l'assaut d'une unité militaire, il bondit de sa cachette, excédé de se tapir dans ce réduit sentant le pourrissement des feuilles.

Les voix se coupèrent net, il crut avoir fait peur au petit groupe massé à l'entrée de l'église. Mais personne ne lui prêta attention. Devant le perron, Rohr était étendu sur le dos, la poitrine couverte de sang – une coulée imprégnait une bâche jetée sous ce corps bossu.

Des murmures plaintifs constatèrent les faits : le gardien était sorti pour trouver de la nourriture, une fusillade avait éclaté entre les insurgés et les troupes de la Wehrmacht en retraite, une rafale de mitrailleuse l'avait atteint quand il s'apprêtait à pousser le portail.

La nourriture… Valdas pensa au pain que le gardien allait lui apporter à la nuit tombante.

Quelqu'un avait déjà fermé les yeux de Rohr – plutôt son œil intact – désormais, les paupières closes, il ressemblait simplement à un homme qui dormait.

Se souvenant de sa « contre-prière », Valdas formula un serment qu'il savait trop marqué d'émotion et dérisoirement vain : ne plus jamais mettre le pied dans une église, ni invoquer la miséricorde de Dieu.

VI

La propriétaire à qui il louait son appartement exigea les trois mois d'arriérés. La vie se remettait en place, l'habituelle comédie de gains et de pertes. La guerre se poursuivait encore à l'Est et tout le monde ne mangeait pas à sa faim. Pourtant, le spectacle était lancé : les terrasses, les journaux, les silhouettes féminines et, en supplément, les grands sourires des soldats américains.

Valdas réussit même à récupérer son vélo-taxi, espérant le remplacer, le moment venu, par une vraie voiture. L'avenir le préoccupait peu, il avait connu des jours bien plus pénibles. En revanche, la disparition de Jean Holtzer l'inquiétait : avait-il survécu ?

Un soir, en septembre, on sonna à sa porte. Il mit un moment à reconnaître Julien Soupeau, son ex-collège du cabinet d'architecte, celui qu'il avait emmené, plusieurs fois, dans son vélo-taxi. L'homme avait maigri et son visage s'étirait dans de rapides rictus d'anxiété. Il se montra heureux de retrouver un ancien camarade, jurant que leur amitié lui avait beaucoup manqué. « Ma femme et mes enfants seront ravis de faire ta connaissance ! »

Valdas devinait que l'invitation dissimulait autre chose qu'une simple joie de retrouvailles. Mais quel intérêt avait cet homme bien installé à renouer avec un obscur « rickshaw parisien » ?

Le dîner chez les Soupeau eut lieu dans leur nouvel appartement, boulevard Haussmann. Une femme aux cheveux joliment mis en plis, un fils et une fille, encore collégiens, et Julien en hôte généreux qui avait réussi à dénicher un magnifique gigot d'agneau ! La viande et le vin avaient un goût oublié.

La discussion passa en revue les événements récents, la fin proche de la guerre (« Les Américains vont vite battre Hitler ! », s'exclama l'épouse), la difficulté de trouver du lait pour les enfants. Et quand ces « chers petits » allèrent se coucher, Soupeau évoqua des sujets plus graves : la vengeance des « soi-disant résistants » qui allaient « couper les têtes » sans trop de discernement…

Après un digestif, la maîtresse de maison les laissa parler en tête à tête et c'est alors que Valdas apprit le vrai motif de l'invitation. Soupeau parla sur un ton où se confondaient le mépris et l'angoisse.

« Ces faux-culs qui se croient vainqueurs ont besoin de coupables ! J'ai déjà dû répondre à une convocation et le sale petit rat qui m'interrogeait a déclaré que le cabinet d'architecte ne m'appartenait pas vraiment. Ordure ! Ces bureaucrates ignorent ce que ça m'a coûté de ne pas fermer boutique pendant la guerre. Et de ne pas licencier du personnel. Mais surtout, ce n'est pas ma faute si le patron a été déporté ! Les Allemands l'ont arrêté à cause de ses origines et non pas pour me faire cadeau ! »

Valdas était prêt à le comprendre : un père de famille qui devait se décarcasser pour nourrir ses enfants. Quant à leur cabinet tombé en déshérence, c'était l'occasion qui avait fait le larron... Comment pouvait-on sauver ce pauvre Soupeau qui semblait se débattre dans une nasse ?

« Je veux bien te croire, Julien, mais la guerre n'est pas finie, les prisonniers vont rentrer et les règlements de comptes, tu sais, c'est dans la nature humaine. Vraiment, je ne vois pas en quoi je pourrais... »

Soupeau se porta en avant, les coudes sur la table, les mains tendues vers Valdas.

« Mais si, tu pourrais m'aider ! Le bourreau qui m'interrogeait m'a demandé les noms des gens que j'ai croisés pendant l'Occupation. J'ai parlé de toi. Et il m'a appris que tu étais dans la Résistance… Cela me rendrait un service énorme si tu acceptais de témoigner en disant que je t'ai donné un coup de main, en cachant des trucs chez moi, je ne sais pas, des armes ou des faux papiers… Pense à ma famille ! »

Il aurait pu lui proposer de l'argent ou bien essayer de parler, avec pathos, de leur amitié. Valdas aurait refusé de mentir. Mais ce n'étaient pas les mots qui l'avaient touché. Juste ce mouvement : Soupeau avait exécuté un bref élan de tout son corps en direction de la chambre où dormaient ses enfants. Un geste instinctif, la réaction d'une bête aux abois qui veut protéger ses petits.

À la fin du mois d'octobre, Valdas l'accompagna à un nouveau rendez-vous avec le « bourreau ». La déposition, notée et signée, attestait que M. Julien Soupeau avait aidé le groupe de résistants dirigé par Jean Holtzer, en cachant des colis qui contenaient les faux passeports destinés aux citoyens menacés de déportation.

Valdas se disait qu'après tout, quand il emmenait Soupeau rue des Martyrs, celui-ci était parfois assis sur l'un de ces paquets dangereux. Donc, d'une certaine façon, son fessier avait fait de la Résistance !

L'Histoire se poursuivait – une confusion de drames et de farces, d'atrocités et de fugitives rédemptions. Si dans ce tourbillon de masques, l'occasion s'offrait de sauver l'honneur d'un père, il fallait donner un petit coup de pouce au destin qui risquait de dérailler. Cela valait bien le sommeil tranquille de deux enfants.

... De longues années plus tard, déjà à la retraite, Valdas reverrait Soupeau dans un reportage télévisé. Cet architecte, un homme corpulent et joufflu, parlerait d'un « ensemble immobilier, ouvert aux locataires modestes ». Au détour de l'interview, il déclarerait avec gravité : « Moi qui me suis engagé très tôt dans la Résistance... » Valdas pousserait un rire muet, avec le sentiment d'avoir joué un joli tour à la fatalité absurde de la vie...

En attendant, dès janvier 1945, Soupeau ouvrit un cabinet à son nom, pour effacer tout lien avec les années qui avaient failli le jeter à terre.

Les chantiers repartant de plus belle, il engagea Valdas, un « dessinateur de talent » disait-il pour le flatter, en dissimulant peu une arrière-pensée : avoir ce Russe sous le coude n'était pas inutile, un excellent alibi « au cas où ».

Valdas comprenait ce calcul, mais de plus en plus souvent, en observant la vie des autres, il ressentait pour eux une véritable compassion. C'étaient des existences tranquilles, souvent confortables, munies d'excellentes relations, et pourtant, dépourvues d'une richesse essentielle : la chance d'avoir connu une vie selon l'ancien calendrier.

Les jeux humains lui rappelaient les mises en scène qu'écrivait, jadis, sa belle-mère Léra, à l'Alizé.

Où était-elle, cette femme ? Il l'imaginait, déjà très âgée – mais oui, plus de quarante ans sont passés depuis ! Pensait-elle à son beau-fils qu'elle séduisait en toute innocence ?

Et Kathleen ? Elle approchait de la cinquantaine, comme lui-même, et lisait sans doute des contes de fées à ses petits-enfants. Se souvenait-elle des poèmes d'amour, délicatement maladroits, qu'il lui dédiait ?

Il souriait, curieux de se sentir relié à ces êtres, autrefois si proches, mais n'éprouvant pas l'envie de les recroiser dans un présent qui ne l'intéressait plus.

En revanche, il aurait bien voulu savoir ce qui était arrivé à Zinaïda et à Sophia, ces femmes qui l'avaient fait vivre dans deux Russies différentes.

Un grand rêve futuriste, pour l'une. Un lointain mirage nostalgique, pour l'autre. Il apprit qu'elles étaient parties, chacune à son tour, en Union soviétique. Après la victoire sur Hitler, bien des émigrés voyaient en la Russie un pays lavé des horreurs de la révolution. Cette patrie les invitait à rentrer au bercail, en promettant bon accueil et emploi garanti. Comparé à la précarité de l'après-guerre, le projet se présentait particulièrement tentant. Les gens recommençaient à croire que là-bas leur vie allait pouvoir se ressouder, tel un os cassé.

Valdas était peu attiré par cette ruée vers l'URSS. Il n'avait pas besoin de voyager pour retrouver son « champ des derniers épis ». C'était là, sa véritable patrie intérieure.

Il ne chercha pas non plus à revoir ses camarades de la clandestinité. Soit Holtzer l'avait dénoncé sous la torture, soit le vieil homme avait été lui-même trahi et peut-être fusillé. Dans ce cas, paix à son âme.

Ils finirent par se revoir, en 54, de façon pas vraiment inattendue car conviés tous deux à la célébration du dixième anniversaire de la libération de Paris.

Dire que Jean Holtzer avait vieilli eût été une figure de style : c'était une ruine, à la démarche lente, un homme que Valdas n'aurait pas reconnu au milieu d'une foule. Mais là, les organisateurs épelèrent tous les noms et il vit ce qu'était devenu Holtzer. Après la cérémonie, ils se saluèrent, avec une retenue gênée : chacun redoutant d'apprendre le côté sombre de l'autre.

Valdas proposa d'aller prendre un verre et, difficilement, comme s'ils étaient encore obligés de garder le secret, ils se parlèrent, surpris de s'être si formidablement trompés l'un sur l'autre.

Non, ce n'était pas Holtzer qui avait dénoncé Valdas mais un tout jeune homme, un simple « agent de liaison » qui escomptait être bien rémunéré par les Allemands.

« C'est même plus compréhensible qu'une trahison sous les menaces et les coups, expliqua Holtzer. On n'imagine jamais le nombre de gens qui seraient prêts à trahir pour se payer un dîner ou épater une jeune femme... C'est ce que ce gars avait obtenu. »

Lui-même n'avait pas pu s'échapper et, après des tortures qui avaient « ébranlé sa foi », s'était retrouvé à Buchenwald, ne rentrant à Paris qu'en juin 1945.

Valdas lui raconta sa fuite et les trois mois passés dans une remise derrière l'église Saint-Serge. Holtzer eut un sourire : ils auraient pu se cacher ensemble dans ce refuge, à la fois protestant et orthodoxe.

Holtzer habitait à Aubervilliers, dans une bicoque de deux pièces, entouré d'un bosquet anarchique. Chaque fois, en venant le voir, Valdas se rendait compte que le passé, même le plus pénible, se décantait déjà et révélait un reflet de douceur, la volonté résignée de ne plus provoquer un monstre tapi au fond de leurs souvenirs.

Le « monstre » surgit le jour où ils fêtèrent les soixante-quinze ans de Holtzer, dans une brasserie proche de l'impasse Verton. En novembre 55.

Avec le recul des années, leurs blessures semblaient léguées à quelqu'un d'autre, à leurs doubles qui, quinze ans auparavant, avaient décidé de se battre.

Dans la salle, il y avait un groupe de buveurs qui commentaient un match et, à la table voisine, ces deux jeunes hommes, en treillis militaire, qui parlaient de l'Indochine. Un peu dépaysés dans ce restaurant parisien, ils évoquaient une réalité étrange : un ennemi qui tuait avec un savoir-faire insolite, impitoyable, la chaleur moite qui finissait par rendre fou… Une guerre perdue et bientôt oubliée ?

À un moment, Valdas se rendit compte que sa conversation avec Holtzer se déroulait distraitement et qu'en fait, ils écoutaient surtout les deux soldats. L'idée d'une nouvelle guerre, dix ans après la fin de la précédente, donnait à cette soirée un aspect troublant. Le babil des clients accoudés au zinc, les esclaffements des supporters et là, près de la fenêtre, une femme qui lisait un roman-photo. Et ces deux militaires qui, en s'engageant, avaient pris le relais de leurs aînés.

Soudain, l'un des soldats inclina la tête et se mit à s'essuyer les yeux avec son poignet, comme pour chasser une poussière. Non, il pleurait ! Valdas échangea un regard avec Holtzer et c'est alors qu'ils s'aperçurent que le visage du jeune homme portait une profonde entaille, de sa tempe à la joue, lui donnant une mine à la fois hilare et menaçante.

Son camarade appela le serveur, régla l'addition – il était visiblement confus qu'on puisse voir ces larmes. Les soldats quittèrent la brasserie et, derrière la vitre, Valdas les vit gesticuler, l'air de chercher leur chemin.

Holtzer se mit à rétorquer face à un contradicteur imaginaire :

« Bien sûr, tu diras : voilà la meilleure preuve que Dieu nous a délaissés. Sinon, comment expliquer toutes ces guerres ou ne serait-ce que le visage mutilé de ce gars qui ne doit pas être coupable de péchés bien lourds. Pourquoi le frapper ? Pour satisfaire quelle logique ? »

Il continua à parler, toujours sur un ton de justification agacée. Par amour, Dieu accordait à l'homme le loisir de commettre le mal. Et notre faible cerveau ne pouvait pas prévoir à quelle sublime harmonie conduisaient les souffrances que nous devions accepter !

Quand le serveur apporta les cafés, Valdas parla de Rohr, le gardien de l'église Saint-Serge. Un être qui, dès sa naissance, était condamné à une vie d'infirme. Quel était ce dieu qui avait si lamentablement raté sa Création ?

Holtzer se montra abattu comme s'il avait compris qu'aucun de ses arguments ne tenait face à ce petit bossu qui était mort sans recevoir le moindre secours du ciel.

« Je vais peut-être quitter Paris… » Il le murmura sur un ton ému. « Oui, je vais "rentrer au pays", dans mon village, à côté d'Obernai. C'est plus sage de mourir à l'endroit où l'on naît. Autant reposer dans la poussière qu'on a piétinée en apprenant à marcher… »

Valdas l'accompagna au métro, avec l'impression qu'ils n'allaient plus se revoir. L'un comme l'autre, ils avaient vécu des jours de grande détresse, les guerres pour lui, les tortures pour Holtzer. Un croyant, et surtout un pasteur, avait peine à accepter cette indifférente réédition du mal. Même en évoquant toutes les harmonies futures auxquelles menaient les voies merveilleusement impénétrables.

D'habitude, à la fin de chaque mois, Jean Holtzer lui écrivait un petit mot, proposant une rencontre. Désormais, ces envois avaient cessé et, pendant quelque temps, Valdas s'attendit à recevoir une lettre postée en Alsace. Il songeait alors à un enfant qui soulevait la poussière d'un sentier, apprenant à marcher.

Au printemps il oublia et son attente, et l'Alsace et même leur passé commun sous l'Occupation. C'est que, par un grand coup de magie, il « était tombé amoureux » ! En pensant à cette passion tardive, il préférait la précaution des guillemets, pour conjurer le sarcastique « démon de midi ».

Ce printemps 1956 fut annoncé par un événement historique, impensable. Les journaux parlèrent du « rapport secret » de Khrouchtchev qui, à Moscou, dénonçait les crimes de Staline ! Pour les Russes de Paris, l'aveu sonna comme une éclatante repentance : le communisme qui les avait dépossédés et bannis reconnaissait enfin ses torts.

D'autres nouvelles arrivèrent bientôt : Valdas apprit que Zinaïda et Sophia qui, en 1946, étaient reparties en Russie, avaient été arrêtées à leur descente de train et avaient passé les dix années suivantes d'abord dans un camp, plus tard en relégation. Comme bien d'autres naïfs qui croyaient pouvoir renouer avec leur passé russe. Et c'est ce rapport antistalinien qui venait de les libérer.

L'espoir d'un timide dégel suscitait partout une grande effervescence : la Russie allait donc sortir de sa longue glaciation !

C'est dans cette ambiance, tourbillonnante et grisante, que Valdas rencontra Olessia, une femme de vingt ans sa cadette, originaire de la Galicie orientale, une contrée devenue soviétique et qu'elle avait dû fuir à la fin de la guerre.

Dès leur premier rendez-vous, il comprit qu'elle serait capable de le faire vivre au rythme du « nouveau calendrier ».

Olessia était venue chercher du travail dans leur cabinet d'architecte et Soupeau, sur la demande de Valdas, avait engagé cette jeune collaboratrice qui se chargea des corvées que les autres esquivaient : le courrier, l'archivage…

La voir travailler dans un bureau voisin du sien était, pour Valdas, le début d'une existence nouvelle, dans une ivresse printanière, inespérée.

En juillet, ils partirent en vacances et, après tant d'années, il put revoir la mer – cette Méditerranée, à côté du Trayas, qui lui rappelait la Crimée. Pendant leurs balades dans l'arrière-pays, ils poussaient chaque minute des « ah » émerveillés – un vallon caché, un coteau tapissé de bruyère et, dans leur pensée, une maison pour eux : là ou, plutôt, là-bas, en face d'une colline.

L'idée de bâtir une villa, une toute modeste, la réplique miniature de l'Alizé, s'empara de lui. Il se mit à économiser, prêt à s'endetter à vie pour offrir à Olessia un rêve qu'il tracerait lui-même sur sa table à dessin.

En octobre 1956, ils se marièrent et la cérémonie coïncida avec un terrible drame : l'armée soviétique venait d'envahir Budapest ! Les chats échaudés de l'émigration comprirent que Staline pouvait revenir par la petite porte.

Soupeau, n'oubliant pas ce qu'il devait à son dessinateur, lui accorda une augmentation et ne s'étonnait plus de le voir rester le soir au bureau. Le futur « nid d'amour » s'esquissait déjà et, deux mois plus tard, Valdas trouva un terrain au milieu d'une pinède. En avril 57, les murs s'élevèrent – avec « une rapidité de conte de fées », se disait-il.

Le sentiment d'une vie désormais comblée le frappait par son évidence : tous les décors étaient en place et n'attendaient qu'un lever de rideau.

La petite villa demandait bien des finitions mais voir, à travers les branches, la présence lointaine de la mer, lui suffisait pour comprendre qu'il venait d'atteindre le but – la douceur maritime, l'arôme des pins, l'amour qui ne pouvait que s'épanouir avec le temps.

Pendant l'été 1957, Valdas s'occupa à planter des lauriers-roses qu'il apportait un à un, sur la banquette arrière de sa voiture. Il avait pris l'habitude de surgir avec l'arbuste et de l'offrir, tel un immense bouquet, à Olessia qui se reposait sur la terrasse.

Un soir de pluie, le petit chemin qui menait à leur maison étant raviné, il se gara en bas et remonta à pied, son arbuste dans les bras. Le bruit des gouttes et l'absence de la voiture qui dissimulèrent son arrivée. Il s'apprêta à bondir devant la terrasse en exhibant devant Olessia son cadeau fleuri.

Elle n'était pas seule... Reculant sous un pin, Valdas reconnut Nikolaï, un gars qu'il avait déjà croisé à Paris et qu'Olessia présentait comme son cousin... Assis l'un contre l'autre, ils se tenaient la main et parlaient, en inclinant leurs têtes à se frôler.

Si Valdas avait deviné de la joie ou du désir dans leurs voix, il se serait manifesté, interrompant ce qui aurait été une trahison cynique. Mais ils faisaient entendre des phrases tristes, des soupirs qui ressemblaient à un écho de sanglots retenus.

Figé sous la pluie, Valdas écouta une conversation sans équivoque et sans issue. Olessia et son « cousin » s'aimaient mais à cause du « vieux », ils étaient obligés de vivre séparés, pour ne pas retomber dans « leur vie d'avant » : la misère noire qu'ils avaient trop bien connue. Nikolaï logeait dans le petit hôtel du village voisin et devait rentrer à Paris le lendemain – par manque d'argent et aussi craignant de croiser le « vieux »…

Malgré l'émotion, ce détail toucha Valdas : il avait longtemps vécu dans la peau d'un clochard ou presque.

C'était un triangle amoureux assez banal, après tout. Et la seule différence c'était que…

Oui, il avait le courage de briser cette géométrie !

Lentement, pour ne pas se faire remarquer, il recula, revint vers sa voiture, alluma le moteur, lança quelques klaxons. Puis, coupa le contact et, sans se presser, son laurier sous le bras, revint à la maison.

Olessia se dressait sur la terrasse. Son ami venait de fuir par un sentier qui contournait la maison.

Avec un naturel dont il ne se serait pas cru capable, Valdas imita un vieil époux bronchiteux.

« J'ai pris un sacré coup de froid ! Sur la route, il pleuvait comme vache qui pisse et notre tacot, tu as vu, il prend l'eau par toutes les fenêtres. Bon, je bois un verre de cognac et je me couche. Pardon, Olessia, mais je préfère ne pas te refiler mon rhume… »

Elle montra une sollicitude fervente, lui prépara un repas et un lit sur le canapé du salon. Valdas réussit à chasser une pensée irritée : « Ce sera donc notre dernière nuit ensemble ! »

Durant ces heures sans sommeil, luttant contre l'agacement d'un mari trompé, il releva bien des paradoxes : lui qui avait traversé plusieurs guerres et qui allait vers cette vie de couple comme un chevalier vers son Graal, se retrouvait dans un vaudeville même pas drôle car les deux amants n'étaient plus tout jeunes et n'avaient pas de haine pour ce « vieux » qu'il était.

Avant l'aube, il sortit dans le jardin, vers la rangée de lauriers-roses à moitié plantée et, soudain, avec un sentiment de libération, chuchota, étonné par la légèreté qui se répandait en lui :

« Quelqu'un saura bien finir le travail… »

Le lendemain matin, il proposa à Olessia de faire un tour, à pied, sur une piste qui enserrait la colline, leur promenade favorite. À mi-chemin, il s'arrêta, inspira avec force et, d'une voix très convaincante, déclara :

« Je dois t'avouer une faute, Olessia. Oui, une faute très grave. Il y a une semaine, à Nice, j'ai rencontré une femme, en fait, je la connaissais déjà et… Voilà, j'ai compris que nous nous aimions toujours… Je sais que c'est très dur pour toi mais… Je te le dis tout de suite, je te laisserai la maison et tu n'auras rien à rembourser, je m'en charge. Donne-moi juste une semaine, que je rassemble mes affaires. Le divorce ne prendra pas beaucoup de temps… Et, si tu peux, essaye de me pardonner ! »

Sur le visage d'Olessia, il vit passer d'abord un reflet d'angoisse puis, quand il parla d'argent, une joie incrédule et, enfin, dans ses yeux, le brusque gonflement de larmes – la reconnaissance et aussi la crainte qu'il ne s'agisse d'une blague.

Mais déjà, Valdas évoquait des questions pratiques et allait remplir une valise…

Au mois de novembre, les démarches de la séparation étaient terminées.

Quatre ans plus tard, au début des années soixante, il quitta Paris et loua un pied-à-terre, un studio dans un petit immeuble d'où l'on voyait le port de Nice.

Les passagers, montés sur les bateaux de plaisance, pouvaient apercevoir, au moment du départ, cette rangée de vieilles façades et, dans une fenêtre, un homme âgé qui fumait un gros cigare ou plutôt, du tabac plié dans du papier à rouler. Personne ne pouvait deviner qu'il rêvait d'une navigation à travers la Méditerranée – vers le Bosphore et la mer Noire… Vers un pays qui n'existait plus.

Un regard attentif l'aurait vu sourire. Ou pleurer ? L'éloignement rendait la différence à peine visible.

Sa solitude d'exilé fut atténuée par l'arrivée d'une nouvelle population dans l'immeuble où il habitait. Des familles pieds-noirs s'y installèrent et leur exode lui sembla bien plus dur à vivre que son tardif « mal du pays ».

Cette balance des peines fut encore plus évidente quand il reçut une lettre de Jean Holtzer : « On voit que tu étais passé par la bonne école de la clandestinité. J'ai eu du mal à retrouver tes traces… » Le ton enjoué ne trompait pas. Holtzer écrivait de son lit d'hôpital.

Valdas partit le voir et, en quelques heures de conversation, sa vie changea – bien plus que pendant les années précédentes.

S'il avait eu à parler à un homme en bonne santé, les aveux ne seraient pas venus avec autant de simplicité. Valdas raconta tout ce qui lui était arrivé depuis leur dîner au restaurant, parla de son rêve de bâtir une maison d'amoureux bercée de chants de cigales… Il tourna en dérision ses espoirs de « barbon titillé par le démon de midi ». Et soudain, ce qu'il n'avait jamais avoué échappa dans un murmure de mots malaisés.

« Ce n'est pas facile à accepter, Jean. Et pourtant, je n'ai jamais eu… comment dire ? Oui, pas une seule fois, je ne m'étais cru vraiment attendu par quelqu'un… »

Il s'interrompit, inspira et, libéré de tout embarras, parla de sa rencontre d'adolescent avec

Taïa, au milieu des falaises de Crimée. La nuit, l'arrivée des contrebandiers, les gendarmes en embuscade et cette inconnue qui l'avait caché sous une cape de laine. Des années plus tard, en pleine guerre civile, le retour de Taïa et leur vie « selon l'ancien calendrier »...

Holtzer l'écouta sans poser de questions. Les dates et les raisons d'agir n'avaient plus d'importance. Dans la fenêtre de sa chambre, on voyait les feuilles d'un platane dont le reflet jetait sur les murs un éclat doré. La voix d'Holtzer fut lente, comme pour protéger ces harmonies de lumières.

« Ce que tu as vécu... je parle de ces journées au bord de la mer Noire, c'était... le sens même de la vie. Cet amour à l'écart du temps, c'est ce que nous devrions tous espérer ! Le seul qui nous est véritablement offert par Dieu. Mais nous sommes rarement capables de le recevoir. »

Il se tut, avec l'impression de découvrir ce qu'il venait de dire. Dans un afflux de paroles dont la sincérité douloureuse frappa Valdas, il s'exclama :

« Cette chance est donnée à chacun de nous, à tout âge, mais nous avons peur d'y croire, cet amour paraît trop fragile à notre soif d'exister. Nous l'abandonnons au profit d'attachements qui ont l'air plus solides. Et la suite, tu la connais : toujours cette envie de rattraper un retard, le désir de désirer et, à la fin, le sentiment d'un très grand vide. Et pourtant, nous avons tous notre champ des derniers épis... »

Holtzer mourut un mois plus tard, dans son sommeil.

Après les obsèques, Valdas se souvint qu'un jour, il avait parlé au vieil homme de la mort de Taïa et de l'absence d'une tombe où il aurait pu se recueillir. Holtzer lui avait coupé la parole :

« Elle n'a pas besoin d'une tombe, Valdas ! Elle vit dans ce que tu as gardé de son amour. Oui, un soleil d'automne, la lumière maritime, une vie selon l'ancien calendrier, comme tu disais... »

Holtzer avait aussi évoqué une étrange prière dont Valdas ignorait l'existence : prier pour ceux pour qui personne ne prie. Ce lien semblait à la fois infiniment ténu (que pourrait faire un chuchotement destiné à un être ignoré par tous ?) et étonnamment puissant – tel un appel traversant les étendues des pays et des siècles.

Pensant à Holtzer, Valdas lui adressait non pas des prières mais quelques mots qui, brièvement, lui rendaient la présence de ce vieil ami.

Il se rappelait aussi le gardien de l'église Saint-Serge, le petit bossu Rohr, et ce n'était pas non plus une prière mais le reflet de ces minutes où il avait surpris Rohr sous un ciel nocturne.

« Prier pour ceux pour qui personne ne prie » allait devenir sa façon de résister à l'oubli.

Ces oubliés, il en croisa beaucoup, dans un vieux cimetière, sur les hauteurs d'une petite ville entre Nice et l'Italie. Holtzer avait souvent évoqué la certitude (ou les multiples incertitudes) au sujet de ce que l'homme pouvait espérer dans un improbable « après ».

Valdas était désormais au-delà de ces interrogations. En venant dans ce lieu, il s'installait sur un banc, fermait les paupières, tournait son visage vers la brise ensoleillée qui soufflait dans les cimes des cyprès.

Heureux de ne plus avoir rien à démontrer, il se sentait aux côtés de Taïa, au-delà de tous les calendriers.

À la fin de son récit, je ne cherche à savoir rien d'autre sur sa très longue vie. Tout est dit et il ne faut pas briser l'écho de cet instant qui continue à durer. Murmurant un mot d'adieu, je me mets à descendre par un sentier qui, après quelques lacets, rejoint la route de la ville.

À mi-chemin, je me retourne : le vieil homme est toujours là-haut, sur son banc, et paraît assoupi. Hésitant, j'agite ma main dans un salut indécis – je ne pense pas qu'il puisse me voir à une telle distance…

Mais son bras se soulève, planant un moment dans l'air, comme s'il voulait me montrer le ciel ample et lumineux au-dessus de son champ des derniers épis.

Cet ouvrage a été achevé d'imprimer
par CPI Firmin-Didot au Mesnil-sur-l'Estrée
pour le compte des éditions Grasset
en décembre 2022.

Composition et mise en pages
Nord Compo à Villeneuve-d'Ascq

PAPIER À BASE DE
FIBRES CERTIFIÉES

Grasset s'engage pour
l'environnement en réduisant
l'empreinte carbone de ses livres.
Celle de cet exemplaire est de :
600 g éq. CO_2
Rendez-vous sur
www.grasset-durable.fr

N° d'édition : 22662 – N° d'impression : 172.363
Dépôt légal : janvier 2023
Imprimé en France